나만
괜찮으면 돼,
내 인생

애써 바꾸지 않아도
그냥 나로 살아도

나만 괜찮으면 돼, 내 인생

이진이 글·그림

어떤 평가를 받을 때면
나를 고쳐야 하는구나 생각했다.
그렇게 말하는 사람들과 함께하려면…나를 바꿔야 하는구나.

인간관계에서의 원인을 자꾸 나 자신에게서 찾다 보니
어느새 눈치 보는 성격으로 바뀌게 된 것 같다.

누군가 나를 안 좋게 본다는 건 늘 두려운 일이었다.
나를 싫어할 수도 있다는 걸 이론으로는 알고 있었지만
마음은 늘 힘들었다.
그러다 보니 다른 사람의 평가에 내 인생이 휘둘리고 있었다.

그때 언니가 이 말을 해줬다.

"안 망해. 네 인생…. 그 사람 하나 널 싫어한다고 해서…."

언제까지 나는 괜찮은 사람임을
다른 이에게 증명하면서 살아야 할까?

요즘은 상대방에게 피해를 주지 않는 한
나는 나로 살아도 괜찮다고…
나 자신에게 끊임없이 말해주고 있다.

나는 내 걸음으로
내 선택으로
내 길을 걸으며 살아왔고,
앞으로도 그 길을 책임지며 살아갈 것이다.

살면서 만나게 되는 누군가가 나를 흔든다 해도
그때마다 내가 흔들리길 바라지 않는다.

누군가 이유 없이 나를 마음에 들어하지 않을 때…
내가 할 만큼 했는데도 나에 대한 시선이 바뀌지 않을 때…

그럴 땐 그냥 이렇게 생각하는 거다.

"그 사람 하나 날 싫어한다고
내 인생 망하지 않아."

차례

2장   고난을 털고 일어날 수 있는 힘만 있다면

3장 ♥ 견뎌낸 시간만큼 단단해지는 언젠가

4장 🐋 상처도 경험이 되는 날이 오겠지

1장

사는 게
참 피곤하다
생각되는
세상이지만

환기가 필요해

아무리 내가 집순이고 집을 좋아한다지만
혼자 있다 보면 생각만 많아질 때가 있더라고.
혼자 있는 시간이 길어질수록 생각만 더 깊게 파고들더라고.

두루두루 사귀는 거 잘 못하고
꼭 필요한 친구 한둘만 곁에 두는 편이지만
가끔 시간 내서 무언가를 배우러 가기도 하고
상관없는 모임에도 일부러 나갈 때가 있어.

친한 사람들도 아니고 크게 관심이 없어도
다른 사람과 시간을 보내는 건 때로는 필요한 일인 것 같아.

나와는 상관없는 다른 사람의 사는 이야기를 들으면서
내 고인 생각들이 환기가 되더라고.
혼자 있을 땐 아무리 하려고 해도 안 되던
내 생각의 고리가 끊어지더라고.

사람은 사람들과 함께 살아야 한다는 말이 그래서 나온 말인가봐.
사람들 사이에 앉아서 사소한 이야기를 듣는 것뿐인데도
내 마음이 환기가 될 때가 있으니까.

가끔은 그렇게 해야
내 마음에 곰팡이가 생기지 않는 것 같아.

그렇게 멀어지는 거래

"내가 먼저 연락 안 하면
이 친구는 연락을 안 하는 건가?"

서로 그렇게 생각하다가
서서히 멀어지는 거래.

언니가 있으세요?

초등학교 1학년 때 화상을 입고 학교를 제대로 다니지 못했던 탓에
적응을 못하고 친구도 사귀지 못했던 시절.

나가서 함께 놀 친구가 없으니 엄마는 늘
언니가 친구 만나러 갈 때 나를 함께 보냈고,
친구와 마음 놓고 편하게 놀고 싶었을 열 살의 언니는
짜증을 내면서도 나를 데리고 다녔다.
다행이었던 건 착한 언니 친구들이 그런 나를 잘 데리고 놀아줬다는 것이다.

나에게는 사실 선택권이 없었다.
친구가 필요한 나이였으니까….

내가 감기에 걸려 열이 나면
하루 종일 일하느라 지친 엄마는 잠에 곯아떨어지고
언니가 밤새 내 이마에 수건을 올려주었다.

언니가 순정만화를 그리는 것을 보고 나도 따라서 그림을 그리곤 했는데
학교 공부로는 칭찬받을 일이 없었던 내가
물감으로 크리스마스카드를 그릴 때만큼은 엄마에게 원 없이 칭찬을 들었다.
미술 성적만 좋았던 것 같다.

그래도 딱히 미대를 가야겠다고 마음을 먹어본 적은 없었다.
오빠도 포기했고, 언니도 포기했으니 나는 너무 당연해서 말도 꺼내지 않았다.
그냥 막연하게 집이 있는 지역의 전문대를 나와서
어디에든 취업이 되면 그렇게 살아야지… 했다.

꿈도 없고… 하고 싶은 것도 없고…
그 시절 나는 너무 바닥에 달라붙어 있어서 보이지도 않았다.
대학은 꼭 가야 하는 것인지…
그냥 그렇게 살다가 비슷한 누군가를 만나
결혼을 하고 아이를 낳고 매일 싸우고 화해하면서
하루 벌어 하루 먹고살겠지… 생각했다.

자존감도 없고 자존심도 없고…
나에겐 지키고 싶은 게 아무것도 없었다.
나는 정신적으로도 물질적으로도 가진 게 없었다.

고3이 되자 엄마는 대학 이름 붙은 데라도 가려면 공부해야 한다며
나를 작은방에 넣어두고 그 앞을 지켰다.
하지만 나는 30분도 못 버티고 책상에 머리를 박은 채 잠이 들었고,
내 앞날이 걱정되었던 언니는 잠든 나를 보면서 울었다고 한다.

어느 날인가, 언니가 내게 하고 싶은 게 정말 없냐고 물었다.
나는 그림 말고는 할 줄 아는 것도, 하고 싶은 것도 없다고 말했고,
언니는 그 길로 엄마 아빠 앞에 가서 무릎을 꿇었다.

막내 저대로 두면 안 된다고.
재수할 수 있게 해달라고… 미대에 보내자고….
학원비는 아르바이트하면 스스로 벌 수 있을 거라고.

고민 끝에 엄마가 승낙을 했다.
화상 때문에 결혼은 못할 것 같으니
혼자 먹고살려면 뭐라도 기술을 배워야 할 것 같았단다.

그해 겨울…
다른 친구들이 원서를 쓰고 시험을 볼 때
나는 태어나 처음으로 햄버거 가게에서 알바를 하며
미술학원에 다니기 시작했다.

그렇게 나는 대학에 들어갔고,
과 수석으로 졸업했다.

가끔 생각한다.
언니가 없었으면 내 인생은 어디로 흘러갔을까….

나는 동생이 없어서
동생을 보는 언니의 마음이 어떤 마음인지 알 수는 없지만
언니와 내가 돌아서면 남남인 친구가 아니라서…
절교하면 못 보는 친구가 아니라서…
미우나 고우나 돌아보면 그 자리에 있는 가족이어서…
다행이다 생각할 때가 많다.

나는 아이를 낳지 않았지만
가끔 아이 혼자는 외로우니 둘째를 가져야 하나 고민하는 분들을 보면
마음속으로나마 용기 내어 '평생 친구를 만들어주세요.'라고
말하고 싶을 때가 있다.

(물론 말해본 적은 없다. 본인의 선택이므로….)

모두가 그런 건 아니겠지만…
어쩌면 그 아이들도 이 넓고 험한 세상에서 길을 잃었을 때
서로의 등대가 되어줄 수도 있으니….

언니의 이야기

너도 알다시피 우리 집 형편이 안 좋았잖아.
나라도 짐이 되면 안 되겠다는 생각을 한 거지.

그래서 엄마, 아빠에게 상업고등학교에 가겠다고,
빨리 졸업해서 돈 벌겠다고 말씀드렸는데…
누구도 나를 말리지 않더라.
나는 성적도 좋았고, 공부도 좋아했는데.

그때 내 나이에 뭘 알았겠어.
중3짜리 여자아이가 집안 생각해서 꿈을 포기했는데
말리는 사람이 없었어.

가끔 생각해.

그때 딱 한 사람이라도 나를 잡아줬다면…
내 인생 그렇게까지 돌아가지 않아도 됐을 텐데.
뒤늦게 공부가 더 하고 싶어서 전문대를 나오고 방송통신대를 다니고…
그러지 않아도 됐을 텐데.

사실 상업고등학교에 입학하는 순간 후회했어.

그래서
네가 나처럼 되는 게 싫었나봐.

그때 내가
말해주지 못해서
미안…

상처가 경험이 될 때까지

"손을 뻗었을 때 나를 안아줄 누군가가 있다는 것은⋯."

어렸을 때부터 서른 살이 넘어서는 순간까지…
나는 늘 부모님에 대한 죄책감을 가지고 살았다.

누구의 잘못도 아니라 해도…
부모님에게 나는… 가해자라고 생각했다.
안 그래도 힘든 집을 더 힘들게 만들었던.

여덟 살의 나에겐…
뜨거운 물에 빠졌던 그날 '차라리 같이 죽자'며 울부짖던
엄마의 말이 평생 가슴에 남았다.
엄마에겐 차라리 죽는 게 나은 그날을 내가 만들어준 것이다.

화상을 치료하는 동안 피부는 가렵기 시작했고…
나는 참지 못하고 자꾸 긁었다.
화상 치료 중에 오는 가려움은 어른도 참기 힘들다고 한다.
피가 나고, 상처가 덧나고, 고름이 생기고… 결국엔 상처가 썩고….

엄마는 일을 나가야 했다.

나는…
이 모든 상황이 버겁고 화가 났지만…
누구에게 화를 내야 하는지 알지 못했다.

그저 내 잘못이었다.

누구도 기억하고 있지 않은 그날의 내가…
지금도 문득문득 생각난다.

엄마의 최선을 의심해본 적은 없다.
아픈 자식 하나 때문에 자식 셋을 굶길 수는 없었을 테니까.

하지만…
이해한다고 해서 상처받지 않는 건 아니다.

가끔 상상해본다.
그때로 돌아가서…
가려움에 괴로워하는 내 옆에 엄마가 있었다면….
나를 꼭 안아주며 이렇게 말해줬다면….

곧 지나갈 거야. 괜찮아질 거야.
엄마랑 같이 조금만 참아보자.
괜찮다… 괜찮다…
다 괜찮다….

나는 이렇게 종종
어린 시절 구멍 나 있던 내 심장을
화상 치료하듯 꺼내고… 소독하고… 닦고…
새 천으로 덮는다.

다음에 또 생각날 땐 조금 덜 아프겠지…
그땐 새살이 돋아나겠지… 생각하면서.

움켜쥐고 있는 것보다는
자꾸 꺼내고…
탁탁 털어내고…
햇볕에 말리면…

상처도 경험이 되는 날이 오겠지.

아는 만큼 작아져버린 나는

언제부턴가 내가 감기에 걸리기 싫어서
몸을 사리면서 살고 있더라.
너무 춥다는 날엔 밖에 나가지도 않고 말야.
조금만 쌀쌀해도 차가운 물도 안 마시고 정말 조심하면서 살아.
감기에 걸리면 2주 넘게 고생하는 그 시간이 너무 싫은 거야.
콧물에… 기침에… 심해지는 편두통에….

그런데 사람이 평생 감기에 안 걸리고 살 순 없잖아.

어떻게 생각해보면 감기에 안 걸리려고 조심하면서 살 게 아니라
감기에 걸려도 금방 이겨낼 수 있는
건강한 몸을 만들겠다고 생각해야 하는 게 아니었을까?

생각해보니까
내가 모든 일을 그렇게 대하고 있더라고.

실패하지 않으려고.
실수하지 않으려고.

넘어지면
실수하면
실패하면

다시 일어나면 되는 건데.

그냥 조금 힘들어하고 다시 털고 일어나면 되는데
넘어지고 다시 일어나는 그 과정이 너무 싫었던 거야.
다시 일어날 건강한 배짱이 없어서 조심만 하면서 살고 있던 거야.

넘어지고 다시 일어서는 그 과정이
나는 귀찮은 걸까….
아님 무서운 걸까….

언제부터였을까….
넘어지는 게 귀찮고 무섭고 싫어서
전속력으로 달리지 않게 된 건.

감기에 걸리건 말건 비 맞는 걸 좋아했던
열일곱의 나는 어디로 가버린 걸까.

아는 만큼 작아져버린 나는….

길을 잃다

"반복되는 하루에서도 길을 잃더라."

.

.

.

꼭 낯선 곳에서만 길을 잃는 건 아닌 것 같다.
똑같이 반복되는 하루 속에서도 길을 잃더라.
뭘 해야 하는지도 모르겠고….
어떻게 살아야 하는지도 모르겠고….

나는 종종 길을 잃는 기분이 든다.

저는 요즘 좋은 사람들을 만나고 싶다는 생각을 가끔 해요.
제가 말하는 좋은 사람이란,
좋은 신념과 주관을 갖고 자신이 옳다고 생각하는 것들을
방관하지 않고 실천하며 사는 사람이에요.

그런 친구가 옆에 있다면,
살다가 혹여 길을 잃었다가도 다시 나의 자리를 찾고,
다시 내가 할 일을 찾아갈 수 있도록,
존재만으로도 자극이 되어주지 않을까 하는 생각이 들더라고요.

물론, 그들에게도 제가 그런 자극이 되는 사람이었으면 좋겠고요.

나이에 따라 어떻게 살아야 하는지를 정해두고 싶진 않지만
되돌아보니…

저의 20대는 정말 치열했던 것 같아요.
다시 돌아가도 '그렇게는 못 살 것 같다' 할 정도로 열심히 살았고,
너무나 전쟁처럼 살아서 사실 이젠 그렇게 열심히 살고 싶지 않아요.

저의 30대는 처음으로 저를 돌아보는 시간이었어요.
덮어두었던 상처들을 제대로 바라볼 수 있게 되었고
치유하는 시간이 되었던 것 같아요.

지금 저의 40대는 바르게 사는 게 어떤 것인지,
저만의 신념을 찾아가는 중인 것 같아요.
나 자신만큼이나 세상에도 관심을 갖게 되었고
그 안에서 똑바로 서서 세상을 바라보는 사람이 되고 싶어졌어요.

아마도 저의 50대와 60대는 또 조금씩 바뀌겠죠.
그때는 약간은 느슨하게 모든 걸 포용할 수 있는
조금은 시야가 넓은 사람이 되고 싶을 것 같아요.

내가 잘 살아가고 있나…
평생 이 질문을 하며 살아왔고
죽는 날까지 이 질문을 멈추지 않을 것 같지만

저는 자주 길을 잃을 것 같아요.
아니, 길을 잃은 느낌일 것 같아요.

그렇지만 또 돌아오면 되니까,
너무 스트레스 받거나 겁먹지는 않을래요.

지금 이대로도
충분히
잘하고 있으니까….

참고 견디면 언젠가 내게도 꽃이 필까?

예전에… 20대 때…
그런 생각을 했었어요.

지금 힘든 걸 참으면 미래의 어느 날엔가 보상받을 날이 올 거야.
행복한 미래를 위해서는 지금 불행한 건 당연한 것일지도 몰라.
참고 견디지 않고서는 아무것도 얻을 수 없어.

사실 그때는 참고 견디는 것 말고는 할 수 있는 게 없기도 했어요.
돈이 없어도 너무 없었거든요.
첫 직장에서 한 달에 30만 원을 받았어요.
집 월세가 15만 원이었고요.
뭘 할 수 있었겠어요.

그런데 시간이 흐를수록…
계속해서 견뎌야 하는 일들이 생기는 거예요.
조금 더 집다운 월세로 옮기기 위해서….
전세로 옮기기 위해서….
결혼하고 내 집을 마련하기 위해서….
부모님 병원비를 준비해놓기 위해서….
노후 대책을 세워놓기 위해서….

월급 30만 원 시절에 비해 나아지긴 했지만
뭔가 그 시절의 보상 같은…
굉장히 행복하고 안정적인 나날의 연속… 이런 건 없는 거예요.

나는 계속 더 훗날의 미래만 바라보며 살고 있고
오늘보다는 좀 더 나은 내일만 기대하며 살고 있더라고요.

힘든 시간을 보내고 있을 누군가에겐
언젠가 내 인생도 꽃필 날이 오겠지, 라는 믿음이
오늘을 견딜 수 있는 힘을 주겠죠.

하지만 저는 이렇게 말하고 싶어요.
꽃이 피지 않아도 당신의 삶은 가치 있다고요.

꽃이 피지 않는다 해서 무가치한 삶일까요?
저는 아니라고 말하고 싶어요.
내일 행복하기 위해 오늘의 불행은 감수해야 한다고 생각하지 말라고
말해주고 싶어요.

내일의 행복이 오늘보다 크다는 보장이 없으니
오늘은 오늘대로 가치 있게… 의미 있게… 즐기면서 사시라고.
아주 큰 즐거움이나 대박이 아닐지라도
매 순간 작은 행복 정도는 찾으면서 사시라고.

결국 꽃이 피지 않는 잡초 같은 삶도 많으니
그렇다고 실패한 삶이거나 무가치한 삶은 아니니까….
꽃이든 잡초든 다른 어떤 존재든
나를 있는 그대로 사랑하면서 인정하면서
내가 뿌리 내린 이곳에서 찾을 수 있는 행복을 찾으면서 사시라고….

그래서

어느 날 뜻밖의 일로 갑자기 세상을 떠난다 해도
아직도 꽃이 피지 않았다고 안타까워하는 마음으로
마지막을 맞이하기보다는
나름 나쁘지 않은 잡초로서의 삶을 살아왔으니
후회는 없다는 마음이 들 수 있도록

지금을 살았으면 해요.

위로의 방법

예전에는 어떤 결과를 기다리거나
해결되지 않은 일들에 막연히 걱정하는 친구를 보면
긍정적인 말들로 위로를 했었다.

"다 잘될 거야. 너무 걱정하지 마."

그런데 나이가 들수록
결과가 언제나 좋기만 한 것은 아니란 걸 알게 되니…
막연히 잘될 거라고 하는 말들이 무책임하게 느껴졌다.

내 힘으론 어쩔 수 없는 일들이 너무 많으니까.

그래서 지금은 그냥… 이렇게 위로한다.

고난을 털고 일어날 수 있는 힘만 있다면

아이 낳을 계획을 세운 친한 동생이 걱정을 한다.

"아이를 낳으면 잘 키울 수 있을지 고민이에요.
평범하게 키우는 것도 사실 너무 힘든 일이잖아요."

아이를 낳아본 적 없는 내가 말했다.

"아이의 모든 불행과 고난을 네가 막아줄 수는 없으니
힘든 일이 닥쳤을 때 털고 일어날 수 있는
힘만 길러주면 되는 거라고 생각해."

일곱 살 이전의 아이에게 사고가 나면 다 부모 탓이라는 말도 하지만
사실 24시간 화장실도 안 가고 아이만 쳐다보고 있을 순 없는 노릇이고,
아무리 하루 종일 지키고 있다 해도
불시에 찾아오는 사고마저 엄마 아빠가 다 막아줄 수는 없다고 생각한다.

나의 화상 흉터도 마찬가지다.
이미 일어난 사건에 대해 누구 잘못인지 따지는 게 무슨 소용일까?

다만 어른이 된 후 내가 느낀 한 가지 아쉬운 점은
가족들이 나를 보며 이런 걱정을 했다는 것이다.

"흉터 때문에 결혼이나 제대로 할 수 있을까…."

그런 걱정 대신 이렇게 말해줬다면
내 인생은 조금쯤 달라지지 않았을까?

"네 몸의 흉터는 아무것도 아니야.
그 흉터로 너를 판단하고 거리를 두는 사람이 있다면
그런 사람은 네가 먼저 멀리해.
너의 소중한 시간을 투자할 가치가 없는 사람이니까."

똑같은 고난이 주어져도
마음가짐 하나로
그 고난은 쉽게 넘을 수 있는 언덕이 되기도 하고
평생 넘을 수 없는 큰 산이 되기도 한다.

기대치를 낮추면

나 자신에 대한 기대치를 낮추면
할 수 있는 일들이 몇 배는 더 많아지는 것 같아.
시작이 몇 배는 더 쉬워지는 것 같아.
자신감이 몇 배는 더 올라가는 것 같아.

나 자신에 대한 기대치를 낮추면
나는 훨씬 더 괜찮은 사람이 될 것 같아.

나는 원래 괜찮은 사람이고 잘하는 사람인데
단지 선을 너무 높게 그은 것뿐일지 몰라.

내가 너무 작다면
사는 게 너무 힘들다면

선을 조금만 낮게 그어봐.

작은 실패의 경험들

팟캐스트 「책읽아웃」에 『나도 아직 나를 모른다』를 쓰신
허지원 임상심리학자님이 나오셔서 이런 말씀을 하셨다.

사람은 성인이 되기 전 작은 좌절 연습을 충분히 해야 한다고.

휴대전화가 없던 시절,
우리는 좌절 연습을 많이 하며 자랐다고 한다.
친구랑 약속을 했는데 급한 일이 생겼는지 오지 않으면
연락할 길이 없으니까 두세 시간씩 그냥 기다리곤 했다.
그러면서 버티는 능력도 길러졌던 거라고 한다.

약속 장소로 가는 버스를 탈 때도
이 버스가 맞는지 운전기사나 행인들에게 물어보고 확인함으로써
문제 해결 능력을 키워갔던 거라고.

그런데 요즘 아이들은 문제 해결 능력이 스마트폰뿐이라고 한다.
작은 좌절 경험들 없이 바로 사회에 던져져
내가 해결할 수 없는 엄청난 좌절을 경험한다고.

아무리 노력해도 취업이 안 되거나
아무리 돈을 모아도 집을 살 수 없다거나 하는.

그 순간엔 괴롭더라도, 그런 작은 좌절과 실패들이
우리가 세상을 살아가는 데 꼭 필요한
잔 근육들을 만들어가는 과정은 아니었을까?

가끔은 무의미하고 싶다

가끔은 모든 게 숙제 같다.

모든 인간관계가 숙제 같아서…
문득문득 느껴지는 외로움만 아니라면
아무도 안 만나고 싶을 때가 있다.

착한 며느리가 되는 것도
무난한 딸 역할을 하는 것도
충실한 친구가 되어주는 것도
다 숙제 같다.

가끔은…
그 누구에게도 아무것도 아니고 싶다.

거봐, 그럴 줄 알았어

아무리 간절히 하고 싶어서 시작한 일도
하다 보면 지쳐서 넘어질 때가 있다.

"아…때려치울까?"
"정말 포기하고 싶다."

이런 말을 하게 되는 순간이 올 수밖에 없다.

그럴 때 옆에 있는 사람이 해야 할 일은 응원이지
"거봐, 너 그럴 줄 알았어."
"후회할 거라고 했잖아. 내 말 안 듣더니 잘됐다."
라고 해서는 안 되는 거다.

친구 남편은 친구가 어떤 일로 힘들어하면 종종 이렇게 말한다고 한다.
"거봐, 너 그럴 줄 알았어."

친구는 남편의 그런 말 때문에
자신이 점점 아무 도전도 안 하는 사람이 되어가는 것 같다고 한다.
내가 뭘 할 수 있겠느냐고….

친구든 남편이든 주변에 어떤 사람이 있느냐에 따라서
인생이 참 많이 변하는 것 같다.

우리를 낳지 않았어도 엄마는 여자야

엄마와 통화를 하던 중에 요즘 편두통이 심하다고 했더니
생리 끝났느냐며… 엄마도 예전에 생리 끝난 후에 편두통이 심했다고 한다.

나의 편두통은 엄마에게서 물려받은 것인데 증상이 비슷하다.
엄마는 폐경(완경) 후 편두통이 사라졌다.
병원에서 나도 폐경 후 편두통이 사라질 확률이 80퍼센트라고 했다.

그래서 "빨리 폐경 되면 좋겠다"고 했더니 엄마는
"폐경 되면 아이도 못 낳으니 여자가 아닌 게 되잖아"라고 말했다.

그 말을 듣고 내가 엄마에게 한 말은…

"엄마, 아이를 낳기 위해 존재하는 게 여자가 아니야.
아이를 낳고 안 낳고 상관없이 여자는 여자고 남자는 남자야.
우리를 낳아서 엄마의 존재 가치가 증명된 게 아니라
우리가 없어도, 안 낳았어도 엄마는 소중한 존재야.

엄마가 그렇게 알고 있는 건 오래된 잘못된 관습 때문이야.
여자의 존재 가치를 아이 낳는 것에만 한정하는 거.
우리가 없었어도 엄마는 엄마 인생 멋지게 사는 여자였을 거야.

좋은 ~~여자~~   좋은 (사람)

내가 잘못해서 폐경이 된 것도 아닌데
왜 여자로서 사형선고를 받았다고 표현해?

그리고 중요한 건
여자, 남자가 아니라
괜찮은 사람으로 사는 거 아닌가?"

라고 힘주어 말했다.

엄마의 대답은 짧았다.

가벼워진 지금을 살고 있다

혼자가 되는 게 두려워 무조건 뭉치고 봤던 10대를 지나

인맥이 곧 능력이라고 생각하던 20대를 지나

배려 없는 친구들의 들러리에서 벗어나고픈 30대를 지나

그 많던 인간관계는 다 어디로 간 걸까?
나 잘못 살았나 생각되는 40대를 살고 있다.

작아진 인간관계가 가끔은 외롭기도 하고
덧없이 느껴져서 허무하기도 하지만

정말 좁은 인간관계만 남은 지금이 좋다.

"내가 왜 내 돈과 시간을 투자해서
말도 안 통하는 이 사람들을 만나고 있을까?" 하고
고민하지 않아도 되어서…

조금은 가벼워진 지금을 살고 있다.

어른들이 심어준 희망고문

노력만 하면 다 이겨낼 수 있다며….
노력으로 안 되는 거 없다며….

노력으로도 안 되는 게 많다고 알려줬어야지.
좋아해도, 노력해도,
못할 수도 있다는 걸 알려줬어야지.
어쩌면 못하는 게 당연한 거라고 말해줬어야지.

노력으로 다 되는 거면 세상살이 얼마나 쉽겠어?
애초에 어른들이 심어준 희망고문.

못하는 게 당연하잖아.

한평생
잘하는 거, 좋아하는 거
한두 개만 찾아도 성공한 거라고…

말을 해줬어야지.

입장 차이

고작 요만한 일 때문에
이제 나를 안 보겠다는 거야?
너랑 내가 보내온 시간이 얼만데.

너에게는 첫 번째 돌이겠지만
나에게는 마지막 돌이야.

과거의 나를 넘어서는 방법

우리나라에서는
나의 잘난 부분을 이야기하면 잘난 척한다고 하고
나의 아픈 부분을 이야기하면 피해의식 쩐다고 한다.

좋은 게 좋은 거지, 라며
억지로 과거와 화해시키고 용서를 하게 한다.
숙제를 해결하듯 다른 사람의 인생을 쉽게도 정리한다.

나는 사람들이
과거를, 아픔을 다른 사람들의 몇 마디 말로
묻어버리고 억누르고 참으며 살지 않기를 바란다.

꺼내고 말하고 표현하고 나누고 공감하면서
치유되는 부분이 분명히 있다고 믿기 때문에.

그렇게, 나를 드러내는 것에
겁먹지 않는 어른이 되기를 바란다.

언젠가 친구가 내게 이런 말을 했다.

"너는 참 꺼내기 어렵고 부끄러울 수 있는 이야기를
편하게, 아무렇지 않게 해줘서 좋아."

나는 그런 나를 아무렇지 않게 표현하면서
나를 조금씩 극복하고 넘어서고 있다고 생각한다.

지친 게 아니야

친한 언니가 말했다.

"반복되는 힘든 일들에 두들겨 맞은 것 같을 때

나 많이 지쳤구나 생각하지 말고

맷집이 좋아졌구나 생각해봐.

견뎌낸 시간만큼 지친 게 아니라

그만큼 단단해진 거라고."

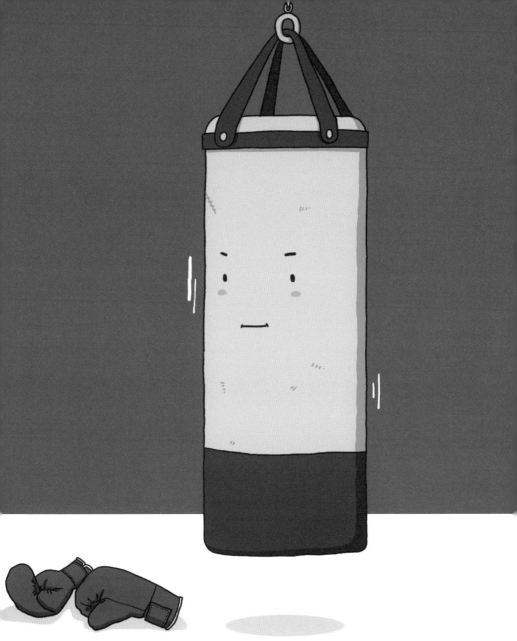

걱정이 조금 많은 밝은 사람

남편한테 물었다.
"처음 만났을 때 나의 어디가 제일 좋았어?"

사실 이런 말을 별로 좋아하지 않는다.
어떤 부분이 좋았다고 하면,
그 부분이 사라지면 이제 안 좋아한다는 뜻이니까.

그래도 물어봤다.

"밝아서 좋았어."

나는 말도 안 된다고 했다.
한때 내 별명이 '어두워'였는데 무슨 소리냐고.

그러자 남편이 하는 말.

"넌 어두운 게 아니라 그냥 걱정이 좀 많은 거야."

그 말 한마디에 나는
그저 걱정이 조금 많은
밝은 사람이 되었다.

이렇게 나이 들고 싶다

알게 된 지 2년 정도.
미술심리상담 공부를 하다가 만난 언니가 있다.
뭐랄까… 이렇게 나랑 비슷한 사람은 태어나 처음이다 싶을 만큼
생각이 비슷하고 선택이 비슷하고 고민이 비슷한 사람.
너무 잘 맞아서 이제 실망하는 일만 남은 건가? 걱정되는 그런 사람.

그 언니가 이번에 대학원을 다니게 되면서
아주 살짝 그런 걱정을 하는 거다.

"공부하느라 바빠서 우리 멀어지진 않을까?"

그래서 해준 이야기.

"언니, 우리 멀리 보자.
우리는 꼬부랑 할머니 돼서도 만날 거니까
손잡고 화장실 가는 거로 우정을 확인하는 10대 소녀는 아니니까
언니도 나도 많이 배우고 많이 경험했으면 좋겠어.
공원에서 고스톱 치면서 나이 들기보다는
이번에 뭘 배우기 시작했는데 이런 부분이 재미있더라…
서로 추천해주고 설명해주고 궁금해할 수 있는….
나이 들어서도 서로에게 자극을 줄 수 있는….
그런 할머니들이 되었으면 좋겠어."

물론 고스톱이 나쁘단 것도 아니고, 공원에 가지 말자는 뜻도 아니다.

그저…
어제가 오늘 같고 오늘이 내일 같은
그래서 빛의 속도로 시간만 흘러가는
그런 하루하루를 당연하게 여기며
그렇게 나이 먹지는 말자는 이야기다.

더 나이가 들면
배움도 더뎌지고 인지능력도 떨어지겠지만
서로 만나서 몸 아픈 이야기만 하다가 헤어지진 말았으면….
우리는 적어도
그 나이에 맞는 꿈도 있고 배움도 있고 설렘도 있는
그런 하루하루를 살았으면 좋겠다.

자신과의 싸움

허리 디스크 때문에 아무리 바빠도
매일 집에서 잊지 않고 운동하는 남편.

오빠 대단한 것 같아.
매일 운동하는 거⋯
자신과의 싸움이잖아.

이렇게 살고 싶다

적어도 친구에게는 좋으면 좋다 싫으면 싫다
그 자리에서 편하게 말하고.

들은 말들을 뒤늦게 곱씹으며 서운해하느라 밤새우는 일 없이
잘못된 발언 앞에서는 정확하게 '그건 아니지' 말할 수 있는.

지인도, 친구도, 부모도, 심지어 남편도 내가 아니므로
나와 의견이 다르거나 트러블이 생기면
'아, 너는 그렇게 생각하는구나, 나는 이렇게 생각해' 받아들일 수 있는.

타인을 대할 때 '너는 내가 아니지' 당연하게 인정하고
나는 그저 단순하게 내 인생에 집중하며 살고.
조금은 도를 넘는 친구의 막말에도
'저 친구가 지금 마음의 여유가 없나 보다' 이해하면서.

'네가 어떻게 나한테 그럴 수 있어?'라며 원망하기보다는
'그럴 수 있지, 그럴 수 있어' 하고 털어버리며 살 수 있기를.

이렇게 살아라, 저렇게 살아라
쉼 없는 세상의 모든 참견에도
앞에서는 "네~ 알겠습니다~" 하고
뒤에서는 내 마음대로 해버리는 융통성도 어느 정도 갖고 살기를.

남이 나를 오해하건 말건
'너는 그렇게 생각해라, 나만 아니면 그만이지' 할 수 있는
쿨함도 때론 장착하기를.

이래서 상처받았다,
저래서 상처받았다,
이제 그만 징징거리고

내 인생 하나
오롯이 책임지며 살아가기를….

넌 정말 운이 좋구나

무슨 말을 할 때마다 이렇게 대꾸하는 친구가 있다고 한다.

친구라면, 내가 먼저 '운이 좋았나봐' 해도
'운이 아니라 네 실력이야'라고 해야 하는 거 아닐까?

공부를 잘하지 못했다.
뒤늦게 재수를 해서 그림을 그렸고, 미대에 들어갔다.

재수하는 내내
새벽까지 열심히 그림만 그렸다.

몸을 너무 혹사한 탓에
팔도 탈이 나고 눈도 탈이 났다.
다시 태어나도
그렇게 열심히 무언가를 할 자신이 없을 정도였다.

그런데
미대에 합격한 후 만난
고3 때 담임선생님은
내게 이렇게 말했다.

내 나이에 좋은 인간관계

어렸을 땐 어떤 친구를 갖고 싶냐 물으면 이렇게 대답하곤 했다.

새벽에 불러도 언제든 뛰어나올 수 있는 친구….
힘들 때 같이 울어주고 기쁠 때 같이 웃어줄 수 있는 친구….
전 재산을 줘도 아깝지 않을 친구….

그런데 시간이 흐를수록
지금 내 나이에 좋은 인간관계는
각자 인생 각자가 잘 살아가는 관계라는 생각이 든다.

각자 인생 각자가 알아서 잘 살면서
어쩌다 만나 술 한잔 가볍게 할 수 있는.
심각한 이야기를 해도 5분 뒤면 서로 잊어버리는.
그 정도의, 그저 가볍게,
각자 잘 살아가는 그런 사이면 딱 좋겠다.

나는 친구가 내 일로 같이 힘들어하길 바라지 않고
나를 위해 보증을 서주기도 바라지 않으며
새벽에 불러도 언제든 뛰어나올 준비가 되어 있기를 바라지 않는다.

이제 나에게 맞는 가장 좋은 인간관계는
서로 많이 기댈 수 있는 친구 사이가 아니라

그저 자기 짐은 자기가 잘 지고 살 수 있는
각자의 위치에 똑바로 서서 함께 세상을 바라볼 수 있는
그런 관계면 족하다.

그러거나 말거나

"남이 나를 어떻게 평가하든 그건 그 사람의 몫이에요.
내 인생을 어떻게 사느냐는 나의 책임이고요."

- 김민식, 『내 모든 습관은 여행에서 만들어졌다』 (위즈덤하우스, 2019)

그러거나
말거나.

그땐 왜 몰랐을까?

스물다섯 살에 이런 남자를 만난 적이 있다.

왜 그땐 미친놈이란 게 안 보였을까?

가끔 결혼 후 배우자의 황당한 말과 행동 때문에 힘들어하는 사람에게
이렇게 말하는 걸 볼 때가 있다.

"연애할 때 몰랐어? 어떻게 모를 수 있어?"
"진즉에 알았으면 헤어졌어야지."

하지만 나도 내 20대를 떠올려보면…
그때의 나는 지금처럼 단단하지도 주관이 뚜렷하지도 않았다.
사랑하는 마음 하나에 눈이 가려진 채
이별을 당할까봐 아무 말 못하고 참던 내가 있었을 뿐이다.

말도 안 되는 소리를 듣고도 아무 말 못하는…
그저 내가 한 행동들을 원망스러워하던…
연애를 할 때면 항상 수동적으로 변하던 내가 거기에 있다.

세월이 흘러야 보이는 것들이 있는 것 같다.

편한 것과 만만한 것의 차이

살면서 간혹 이런 말을 들을 때가 있다.

"내가 너한테까지 조심하면서 말해야 하니?
이러면 이제 너한테 편하게 말 못해."

특히나 오래 알아온 가까운 사람들이 흔히 이런 말들을 한다.
나는 친할수록 가까울수록 더욱 조심해야 할 부분이 있다고 생각한다.
가깝다는 게 막말을 해도 된다는 면죄부는 아니지 않을까….

내가 하는 말이 너에게 상처가 되더라도 그건 네 몫이라는 뜻일까.
아니면 날 만나려면 그 정도 상처는 감수해, 라는 말일까?

남들보다 오래 알아왔다는 것은
서로에 대해 잘 안다는 것은
상처를 줘도 이해해야 한다는 말이 아니다.
오히려 이해할 수 없어도 상처가 된다면
말을 아껴줘야 한다는 뜻이다.

한 번쯤 생각해볼 필요가 있는 것 같다.

누군가 나를 일방적으로 배려하고 있는 건 아닌지.
혹은 내가 배려하고 있는 누군가가
그 배려를 당연하게 받아들이고 있는 건 아닌지….

가난을 준비하는 나의 자세

앞으로 생활이 궁핍해질 것 같다는 예감이 오면
그때를 대비해서 허리띠를 졸라매는 게 일반적인데
나는 그 반대인 것 같다.

사재기 본능이 있다.
작게는 두루마리 화장지부터 세제, 타월, 치약….
힘든 시간을 보낼 때 힘이 될 것 같은 책,
크게는 사치품까지….
돈이 아쉬울 때가 올 거라는 걸 알면서도 말이다.

호더가 왜 어떻게 되는 건지 조금 이해가 가기도 한다.

얘네 집보단 크잖아

한마디도 안 했는데 집이 작다는 이유로
다른 친구 위로에 소환된 내 친구.

친구네 집이 제일 작다는 이유로
다른 친구를 위로하면서
"얘네 집보단 너네 집이 크잖아"라고 했다는 이야기를 들었다.

경제적인 측면이든 다른 부분이든
친구가 나보다 못하다는 걸 확인시킴으로써
자신의 행복을 확인하는 거…
그거 되게 나쁜 습관 아닐까?

요즘 아이들은 놀이터에서 놀다가
"너네 집 몇 동이야?" 하고 물어본다고 한다.
몇 동인지 알면 친구네 집 평수를 알 수 있기 때문에….
심지어 1층이라고 하면 "너네 집 싸겠다"라고 한다는 이야기도 들었다.

이런 아이들이 자라서 저런 부모가 되는 걸까…
아니면 저런 부모 밑에서 자라서 이런 아이들이 되는 걸까?

내 친구는 요즘에서야… 친구가 점점 걸러진다고 한다.

언젠가 최화정 님이 텔레비전 프로그램에 나와서
잘못된 남자를 만난 연애에 대해 이런 말을 했다.
다리 하나가 부러진 삐딱한 의자에 꾸부정하게 기대어 앉아 있느니
내 두 다리로 똑바로 서 있으라고.

그 이야기는 꼭 남자나 연애뿐 아니라
모든 인간관계에 적용되는 말이 아닌가 싶다.
다리 하나가 부러져 제대로 서지도 못하는 의자에
굳이 앉으려 하지 마시길.
그런 친구를 굳이 옆에 두려 마음고생하지 마시길….

그냥 나의 두 다리로 똑바로 서서 세상을 바라보자.

내가 너무 아까워서

나에게 막 대하고 상처 주는 친구가 있다면
과감하게 끊어버리세요.

그리고 용감하게 말해보세요.

"너를 친구로 두기엔 내가 너무 아까운 것 같아."

내가 아깝지 않은 사람을 만나세요.

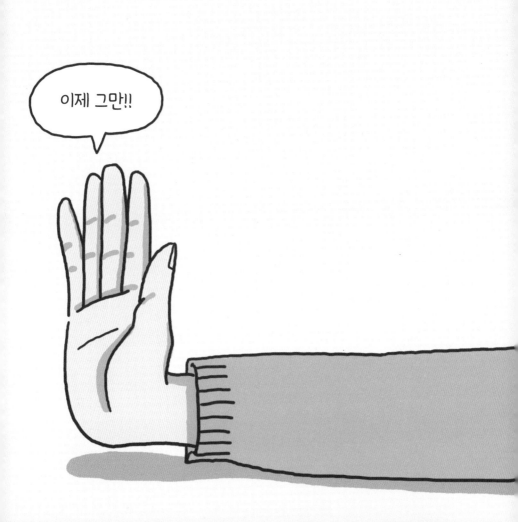

2장

고난을 털고
일어날 수 있는
힘만 있다면

난 월요병이 없어

요즘 회사가 바빠서 새벽 2시에나 집에 오는 남편.

고생 총량의 법칙

고생 총량의 법칙이란 게 있었으면 좋겠다.
평생 동안 겪어야 하는 고난의 양이 정해져 있는.
그럼 이제 내 인생 꽃길만 남아 있을 것 같아서….

문제는…
살다 보니 '그런 건 없는 것 같다'는 생각이 든다는 거야.

어떤 사람은 고생하는 사람을 보고도
'그런 일 겪는 사람이 어디 흔한가… 네가 재수가 없는 거지'라고 말하지.

좋은 부모님, 부유한 집안에서 태어나
한평생 고생이라는 거 모르고 살다가…
그렇게 가는 사람도 있더라는….

그런 게 억울해서 팔자라는 걸,
사주라는 걸 믿는 건지도 모르겠다.
심지어 볼 수도 없는 전생의 업보까지 끌어들여
이번 생은 이렇게 살 수밖에 없다는
체념이라도 하게 만드는 게 아닐까….

그래야 견디고 사니까….

내 감정 들여다보기

요즘 내가 느끼는 감정의 모양에 대해 생각하는 버릇이 생겼다.

예전에는 화가 나면 참으려고 노력하거나
일단 화를 내고 뒷수습을 했었는데
요즘은 행동하기 전에
'내 마음이 왜 이렇지…' '내가 왜 화난 걸까…'
먼저 생각한다.

자격지심인지
상대방에 대한 실망인지
내 마음을 이해 못 해줘서 답답한 것인지
아니면 예전 화가 해소되지 않았다가 이제야 터진 것인지….

곰곰이 생각해보고 내 감정이 뭔지 알게 되면
나도 실수를 줄일 수 있고
상대방에게도 상처를 덜 줄 수 있는 것 같다.

배고프면 화나는 스타일.
의외로 내 감정은 단순할지도….

가족이 화목하다는 것은

어릴 때 본 드라마에서 주인공은 늘 불우한 가정환경에서 자란다.
아빠가 술주정뱅이거나 그런 아빠에게서 도망쳐나온 엄마 밑에서 자랐거나
그도 아니면 이혼을 했거나.

그렇게 자란 주인공은 어른이 되어 사랑하는 사람을 만나 결혼을 앞두고
늘 가정환경 때문에 나쁘게 평가받고 결혼 반대에 시달린다.

어릴 땐 가정환경으로 사람을 평가하는 것이 불공정한 게임 같아 보였다.
가정환경은 내가 선택할 수 없는 것이니까.
내가 선택하지도 않았고, 내 노력으로 바꿀 수도 없는 가정환경 때문에
누군가 나를 평가절하한다는 것 자체가 이해되지 않았다.

그런데 싸움 없는 부모님 밑에서
평범하고 반듯하게 자란 남편을 보면서
내 생각도 조금씩 바뀌어갔다.

나와 너무나 비교가 된달까….

물론 타고난 성향이 반이니까 가정환경 탓을 100퍼센트 하긴 어렵지만…
남편과 결혼해서 같은 공간에 있으면서도
무슨 일이 생겼을 때 우리의 반응은 너무 달랐다.

남편은 어떻게든 잘 지나가면 되지…하는 마음으로 대처했고,
나는 누가 내 인생을 공격해오는 것처럼 불안에 떨었다.

어차피 누구에게나 힘든 세상살이지만…

어린 시절 가족이 화목하다는 것은
그래도 추운 겨울에 외투 하나 더 입고 던져지는 것.

어린 시절 가족이 화목하지 못하다는 것은
어쩔 수 없이 조금 더 추운 세상을 살아가는 것.

착한 어른 증후군

다른 꿈을 꿀 수도 있었을 텐데

사람이 태어날 때부터 자기만의 집을 가지고 태어난다면.
평등하게 죽을 때까지 그 집에서만 살 수 있다면.
오르는 집값만 쫓아가다 나이 들어버리는 일은 없을 텐데.
다른 꿈을 꾸며 살 수도 있었을 텐데.

가끔은 내 집 한 채 마련하는 게
내 평생의 목표가 되어버린 것 같아.

가물가물해.
내 꿈이 원래 이거였던가….

나는 당신의 엄마가 아니야

친구의 남편은 회사를 다니고, 친구는 방과 후 미술 교사를 하면서
프리랜서 일러스트레이터로 일하고 있다.

친구가 결혼을 해보니 남편이 집안일을 너무 안 하더란다.
그냥 안 하는 게 아니라
집에 오면 옷을 여기저기 벗어두고 어지르고 다녔다고 한다.
몇 번 말했지만 남편은 바뀌지 않았다고.

남편의 말은 그거였다.

나는 결혼 전에 집안일을 해본 적이 없다.
엄마가 모든 일을 다 해주셨기 때문에 익숙하지 않다.

그 말을 듣고 친구가 남편에게 한 말.
"나는 네 엄마가 아니야."

신동엽 씨가 TV 프로그램 「미운 우리 새끼」에서 이런 말을 한 적이 있다.
"편하게 살려면 혼자 살고 행복하려면 결혼해라."

자신의 생활을 1퍼센트도 포기하지 않으려면 혼자 살아야 한다.
혼자 밤새도록 게임하고 밥도 먹고 싶을 때 먹고
옷도 아무 데나 벗어놓고 얼마나 좋은가. 잔소리하는 사람도 없고.

여자든 남자든 마찬가지다.
자신의 생활을 하나도 포기할 자신이 없는 사람은
혼자 살아야 한다고 생각한다.

내 실수로 생긴 흉터까지

나는 X세대다.
어디로 튈지 모른다 해서 붙여진 세대 이름.

서태지와 아이들, H.O.T., 젝스키스…
많고 많은 아이돌들이 있었는데
열여섯 살에도 아이돌에 빠져본 적 없던 내가
46세에 방탄소년단에 빠졌다.

우연히 접한 노래, 「Answer : Love Myself」.
그리고 우연히 접한 가사.

"내 실수로 생긴 흉터까지 다 내 별자린데."

내 팔에 덮여 있는 화상 흉터를 보았다.
여기서 말하는 흉터가 그 흉터는 아닐 테지만…
눈물이 났다.

평생 지우고만 싶었는데
내 별자리였구나….

• 방탄소년단 「Answer : Love Myself」
• 수록 앨범 : LOVE YOURSELF 結 'Answer' (2018년 8월 24일 발매)
• 작곡 : Pdogg, 정바비, Jordan "DJ Swivel" Young, Candace Nicole Sosa, RM, 슈가, Ray Michael Djan Jr, Ashton Foster, Conor Maynard
• 작사 : Pdogg, 정바비, Jordan "DJ Swivel" Young, Candace Nicole Sosa, RM, 슈가, 제이홉, Ray Michael Djan Jr, Ashton Foster, Conor Maynard

나를 만든 말들

'라벨링 효과'라는 게 있다고 한다.

미국 노스웨스턴대학교의 리처드 밀러 교수가
시카고의 한 공립 초등학교에서 다음과 같은 실험을 진행했다.

학급을 두 그룹으로 나누어 한 그룹에는 '깨끗한 반'이라고 붙여놓고,
다른 그룹에는 아무것도 붙여놓지 않았다.
그러자 '깨끗한 반'이라고 붙여놓은 학급은
쓰레기를 주워서 휴지통에 버리는 아이들이 82퍼센트나 되었고,
아무것도 붙여놓지 않은 학급은 쓰레기를 줍는 아이들이
27퍼센트에 불과했다고 한다.

이처럼 사람은 누구나 어떤 사람이라고 정의를 내려주면
그렇게 되려고 노력하는 경향이 있다고 한다.

예를 들어…
"넌 참 입이 무겁구나"라는 말을 들으면
'난 입이 무거우니까'라는 생각에 비밀을 지키려 노력하게 되고,
"넌 참 약속을 잘 지키는구나"라는 말을 들으면
약속을 잘 지키려고 더더욱 노력하게 된다고 한다.

그 사람을 만드는 건
어쩌면 이런 말 한마디인지도 모른다.

어떤 무수한 말들이 오늘의 나를 만들었을까?

예민하다, 약속을 잘 지킨다, 감수성이 풍부하다, 눈물이 많다….
욱하는 성격이 있다, 책임감이 강하다, 스트레스를 잘 받는다….

이런 말들이 모여 지금의 내가 된 것 같기도 하다.

살아갈수록
좀 더 좋은 말들을 많이 해주고 싶다.
나 자신에게….

세상에서 가장 부러운 사람

내가 고등학생 때 우리 옆집에는
연세가 많으신 할머니 한 분이 가족들과 함께 살고 계셨다.

딸인지 며느리인지 정확히 기억은 안 나지만
할머니를 모시고 사는 아주머니는 김밥 장사를 하셨는데
가끔 팔고 남은 김밥을 우리 집에 가져다주시곤 했다.

할머니는 까만 머리라고는 한 가닥도 없는 백발이셨는데
별다른 지병도 없고 건강하셨던 거로 기억한다.

그러던 어느 날
할머니가 목욕을 다녀오시고 하얗고 깨끗한 옷으로 갈아입으시고는
우리 집에 인사를 오셨다.
그리고 그 모습이 내가 본 할머니의 마지막 모습이었다.

할머니는 그날 저녁, 주무시다 돌아가셨다고 한다.

나는 오랫동안 궁금했다.
할머니는 당신이 떠날 날을 알고 계셨던 걸까….

사람이 건강하게 걸어 다니며 잘 지내다가
나이가 많이 든 후에
자면서 세상을 떠날 확률이 얼마나 될까?

나이가 들수록…
그 할머니가 세상에서 제일 부럽다.

하늘이 무너지는 것 같아

남편은 최근 6개월 동안 집에서 한 시간 반이 걸리는 곳으로 출근을 했다.
그래서 아침밥도 먹지 않고 출근하기 바빴는데….

용서를 강요하지 마세요

> 너희 둘 때문에
> 반 분위기가 이게 뭐니?
> 둘이 어서 사과하고 화해해.
> 미안하다고 말해.
> 어서!!

어렸을 때 친구와 다툼이 있으면 늘 이런 식이었다.
선생님은 두 아이를 불러다놓고 누가 잘못했는지 알아보기도 전에
"친구끼리 싸우면 안 돼. 서로 사과해. 자, 악수하고." 하며
다시는 싸우지 말라고만 하셨다.

그 어린 시절의 관계에서도 분명 나름의 사정은 있었을 텐데….
요즘은 어떤지 모르지만 우리 땐 그랬었다.

우리나라 사람들 사고방식에는 다수를 위해
소수를 희생해야 한다는 의식이 뿌리 깊이 박혀 있는 것 같다.
화목한 건 좋은 거고 모두 사이좋게 지내야 하고 사랑으로 용서해야 하고….

특히 용서를 강요하는 문화가 만연한데,
용서란 결국 자기 자신을 위한 일이며
용서하지 않겠다는 건 철없고 이기적인 태도라는 사회적 분위기 때문에
피해자가 입을 닫아야 할 때가 많다.

그런데 피해자에게 가해자를 용서하라고 강요하는 행위…
그거야말로 또 다른 가해가 아닌가 싶다.
용서는 옆에서 보는 사람이 대신해주거나 강요할 수 없는 것 아닐까?
피해자가 준비되었을 때 본인만이 할 수 있는 거라고 생각한다.

할 만큼 했는데도 애가 내 사과를 안 받아준다고 하는 거…
안 받아줄 만하니까 안 받아주는 거 아닐까?

지켜보는 다수가 불편하다 해서 피해자에게 용서를 강요하는 거…
그거야말로 몰상식하고 폭력적인 행위가 아닐까?

다수의 평안을 위해 누군가의 희생을 갈아 넣어서는 안 되는 거다.

난 가만히 있었을 뿐인데

솔로인 친구가 모임을 갔는데

설마, 남들이 다 하니까 한 건 아니지?

돈으로 환산할 수 없는 나의 하루를 산다

나보다 열네 살 어린 친한 동생이 어느 날 이런 말을 했다.

"언니는 경제적으로 안정돼 있는 것 같아 부러워요."

당연한 이야기인지도 모른다.
그 동생은 결혼한 지 2년밖에 안 되었고, 전세자금 대출이 있고,
남편은 사회초년생인 만큼 월급이 많지 않았다.
나 역시 그런 시절이 있었기에 누구보다 잘 알고 있었다.

나는 잠깐 생각하고는 물었다.

"그럼 지금 네가 20년을 건너뛰어서 52세가 되면
100억을 주겠다고 누가 제안을 해.
그럼 넌 어떻게 할 것 같아?
갑자기 52세가 되고 100억을 받을 것 같아?"

동생은 잠깐 고민하다가 말했다.

"글쎄요. 그건 좀…."

나는 내게 그런 제안이 온다면 받지 않을 거라고 말했다.
나는 돈을 벌기 위해 사는 게 아니기 때문이다.
돈은 그저 굶지 않고 생활이 되는 정도만 있으면 된다고 생각한다.

내 삶의 목표는 하루하루 느끼며 사는 것이다.

아침에 일어나 좋아하는 커피를 마시는 행복.
마음이 맞는 친구와 전화통화를 하는 행복.
생각하는 것들을 글로 쓰고 그림으로 그리는 행복.
퇴근하는 남편을 기다리는 행복.
남편과 오늘 하루에 대해 이야기하는 행복.

언제 죽더라도 후회가 남지 않게
하루하루 느끼며 사는 게 나의 작은 목표이기 때문에
나의 20년을 팔아 100억을 얻든 1000억을 얻든 무슨 의미가 있을까.

만약 20년을 건너뛰어 100억을 받고 다음 날 죽어버린다면?
사람 사는 일은 아무도 모르는 거니까….

결혼생활 18년 동안 여러 번 대출을 받았고 노력해서 갚아나갔다.
남편과 허리띠를 졸라매며 힘들었던 적도 있지만
대출금을 다 갚았을 때의 뿌듯함과 즐거움도 컸다.
그 과정 중 어느 하나 값지지 않은 것이 없었다.

삶이 생각지 못한 방향으로 흐른다 해도
나는 온전히 느끼고 받아들일 준비가 되어 있다.

강해진다는 것은

강해진다는 건
단단해지는 게 아니라
유연해지는 것이 아닐까?

강해진다는 건
'절대' 이해할 수 없어, 가 아니라
'어쩌면' 그럴 수도 있겠다, 가 아닐까?

힘들면 쉬었다가 해

아내들이 빡치는 포인트

힘들면
쉬었다가 해.

생각해주는 척은 하지만
절대 자기가 하겠다는 말은 아님.
힘들어도 쉬었다가 끝까지 내가 하라는 말임.

대화가 가능한 사람

어른이란
정답을 아는 사람이 아니라
내가 틀릴 수도 있다는 걸 아는 사람.
내가 틀렸다는 걸 인정할 줄 아는 사람.
내 생각이 꼭 정답이 아닐 수 있다는 걸 알기에
상대방의 생각을 들을 준비가 되어 있는 사람이다.

그래서
일방적으로 떠드는 게 아닌
대화가 가능한 사람이
정말 어른이라고 생각한다.

나는 살면서
어른을 만나본 적이 별로 없다.

놓을 수 있는 용기

목숨 걸고 몇 년이 됐든 매달려서 무언가를 하는 사람보다
그 목숨 걸었던 일이 내가 원하던 일이 아님을 깨달았을 때
포기를 외칠 수 있는 사람이 더 많이 자란다.

아무리 오래 이어온 관계라 해도
나를 갉아먹는 관계라면 이해하려 노력하는 것보다
과감히 끊어낼 수 있을 때 더 많이 강해진다.

없으면 죽을 것 같은 연인을 목숨 걸고 사랑할 때보다
사랑이 집착으로 변했을 때 그걸 인정하고 놓는 법을 배우면서
우리는 진짜 사랑을 알아간다.

부모님 말씀 잘 듣고 무조건 효도해야 한다 되뇌며 사는 것보다
효자, 효녀를 내려놓을 수 있어야 진짜 홀로 서는 법을 배울 수 있다.

무언가를 꽉 잡고 있는 것보다
잡고 있는 것들을 놓는 법을 배울 때
조금씩 더 자라게 되는 것 같다.

인생은 늘 달리는 것보다 멈추는 게 더 어렵다.

다른 세상에 살고 있는 우리

여자 혼자 밤길에 이어폰 끼고 다니면 위험해.

여자가 짧은 옷 입고 있어서 그래.

그러게 그 시간에 여자 혼자 왜 골목길을 지나가.

초등학교 5학년 때 골목길을 지나가는데
고등학생으로 보이는 남자애가 내 엉덩이를 꽉 쥐고 도망갔다.
집에 도착할 때까지 온몸이 덜덜 떨렸다.

고등학교 때 우리 학교 주변에 바바리맨이 있었다.
하굣길이면 앞에 아저씨가 바지를 내렸다며 여자애들이 비명을 지르곤 했는데,
그런 일이 종종 반복되었다.

대학 때 자취방 앞에서 친구와 함께 문을 열고 있었는데
어떤 남자가 갑자기 친구를 뒤에서 껴안고 도망을 갔다.
친구랑 둘이서 얼마나 비명을 질렀는지….

스물다섯 살쯤…
신도림역에서 바글바글한 사람들 사이를 지나가는데
어떤 아저씨가 정말 재빠르게 내 가슴을 움켜쥐고 지나갔다.
그 후로 나는 신도림역을 싫어하게 되었다.

스물여섯 살 때 내가 살던 옥탑방에서 성폭행을 당할 뻔했다.
집으로 끌고 들어가려는 남자와 들어가지 않으려고 발버둥치는 나.
그사이 무릎도 깨지고 안경도 깨지고….
비명소리에 사람들이 달려와 위기는 모면했지만
그 당시 남친은 이렇게 말했다.
"너 짧은 옷 입고 있었지?"

30대 초반, 버스를 탔는데 여름이라 반바지를 입고 있었다.
나이 있어 보이는 아저씨가 옆자리에 앉아 있었는데
내 허벅지로 아저씨의 손이 스르륵 밀려왔다.
소리 지를 배짱은 없고 도망치듯 일어나서 다음 역에서 내려버렸다.

인스타에서 본 어느 작가님은
여자 10명이 모인 모임에 나갔는데
성추행 당한 경험이 없는 사람이 단 한 명도 없었다고 한다.

밤길에 남자가 뒤에서 걸어오면 여자들은 대부분 생명의 위협을 느낀다.
어떤 남자분들은 그게 기분 나쁘다고 한다.
모든 남자를 잠재적 범죄자 취급하는 거냐며….

하지만 저런 일들을 당하면서 자랐는데
어떻게 뒤에서 걸어오는 남자가 무섭지 않을 수 있을까….

누군가는 생명의 위협을 느낀다는데
단지 기분이 나쁜 게 그렇게 중요한 걸까?

우리나라를 가리켜 안전한 나라라고 한다.
도둑도 소매치기도 별로 없는 나라.
휴대전화나 가방을 카페에 두고 커피를 가지러 가거나 화장실에 다녀와도
누가 훔쳐갈 걱정이 없는 나라.
안전함으로 따지면 세계 1~2위 하는 나라라고.

하지만 과연 여성들에게도 안전한 나라일까….

같은 나라에서 살고 있는데…
때로 우리는 다른 곳에서 살고 있는 것 같다.

그냥 하자

때로는 '열심히'라는 말이
'잘'이라는 말이
시작을 더 어렵게 만든다고 한다.

열심히 준비해서
잘하자!
열심히 하자!

하고 싶은 것이 있다면 잘하지 말고 그냥 하자.

그냥 하자~

영화 「닥터 스트레인지」에서 스승님이 남긴 마지막 말.

"완벽하게 준비된 때는 영원히 오지 않을지도 모른다."

완벽한 내가 아니어도

100점짜리가 되고 싶었는데.

오늘 하루 잘 견뎌냈잖아.
그거면 됐어.
충분해.
잘했어.

마음이 건강하지 않을 때

몸 건강은 마음 건강을 따라가고
마음 건강은 몸 건강을 따라가기 마련이다.

처음 편두통이 생기고 몇 년 동안 응급실을 달고 살았을 때
나는 많이 우울해졌다.

"두통 없는 사람이 어디 있냐? 타이레놀 먹어~"
"성격을 고쳐봐. 네가 예민해서 그래."

친구의 이런 별것 아닌 말들에 상처를 받았다.
내 마음이 건강하지 않은 상태여서
건강한 마음일 때는 그냥 지나가질 모든 것들이 자꾸 상처를 냈다.
약해질 대로 약해진 마음 상태는 작은 일도 크게 만들었다.

별것 아닌 일들에 자꾸 화가 날 때.
지나가듯 내뱉은 친구의 말들이 내 가슴에 상처를 낼 때.

그 문제를 따져서 직접적으로 해결하려 하기보다
잠시 그 상처에서, 그 생각에서 거리를 두고 빠져나와
내 마음을 다독이고 쉬게 하는 것이 좋은 처방이 될 수도 있다는 것을.
그러면 이만큼 크게 느껴졌던 문제들도 작아져 있을지 모른다는 것을.
나는 이때 처음 알았다.

기억해두자.

내 마음이 건강하면
그 많은 마음고생들이 나를 그냥 스치고 지나간다.

내가 불행한 이유

언니가 해준 이야기 하나.

어떤 스승이 그림 하나를 가져와 제자들에게 보여줬다고 한다.
한 남자가 만 원짜리 지폐를 줍고 있는 그림이었는데,
스승 왈.

"만 원짜리 지폐를 주우며 행복해하는 이 사람을 불행하게 만들어보거라."

제자들이 이런저런 의견을 냈는데
정답은 뭐였을까?

바로, 그 사람 앞에서 더 큰 돈을 줍거나
더 큰 돈을 가진 사람을 보여주는 것이다.
그러면 그는 순식간에 불행해진다고 한다.

비교란 이렇게 자신이 가진 걸 못 보게 하고
자신에게 온 행운을 아무것도 아니게 만들어버린다.

그래서
SNS 속 다른 사람들의 행복한 모습을 보면서
스스로 불행하다 느끼는 사람이 많은 게 아닐까?

인연, 연인 혹은 은인

인생 전체를 통틀어 언제가 제일 행복했었는지…
언제가 제일 불행했는지에 대해 남편과 이야기를 나눈 적이 있다.

"내 인생은 오빠를 만나기 전과 후로 나뉘어.
이렇게 말하면 부모님께 죄송하지만…
오빠를 만나기 전에는 담벼락만 있는 집에서 사는 것 같았는데
오빠를 만나고 나서 드디어 지붕이 생긴 기분이랄까…."

남편을 처음 만나고 얼마 지나지 않았을 때
이걸로 그림을 그려보라며 내게 자신의 태블릿(펜마우스)을 내밀었다.
자신은 이제 잘 쓰지 않는다며….
그때 내 사정으론 꽤 고가여서 구입할 생각도 하지 못한 제품이었다.

내가 조금씩 태블릿에 익숙해지자
이번엔 그림일기를 써서 인터넷에 올려보는 게 어떻겠냐고 말했다.

그 당시엔 블로그나 SNS 같은 게 없어서
무언가를 인터넷에 올리려면 홈페이지를 만들어야 했다.
나는 홈페이지 쪽으로는 문외한이어서 어떻게 해야 할지 전혀 몰랐는데
남편이 도메인을 사고 호스팅을 신청하고 코딩으로 홈페이지를 만들어주었다.

그때가 결혼 전이어서 나는 아주 잠깐 그런 생각을 하기도 했다.
'만약 헤어지면 이 홈페이지는 어떻게 관리하지?'

다행히 우리는 결혼을 했다.

남편의 큰 그림이었을까? 나의 큰 그림이었을까?

인터넷에 올린 그림일기들이 쌓여갈 때쯤 출판사에서 연락이 왔고,
나는 20년째 그림일기를 올리며 책을 쓰는 사람이 되었다.

자기가 뭘 하고 싶은지보다 내가 뭘 하고 싶어 하는지에
더 관심이 많은 남편.

지금 남편은 내 글의 첫 번째 독자로 살고 있다.

어떻게 되는지 두고 봤자 세상은

회사를 다니던 시절
그다지 큰 회사가 아니었기에
내가 없어지면 회사가 타격을 입을 거라는 생각에
매일 야근에 철야를 하며 견뎠다.

인정하고 싶지 않았지만
내가 퇴사를 한 후에도 회사는 잘만 굴러가더라.

연애를 할 때면
나만큼 너를 사랑해줄 사람은 없을 거라고,
다시는 나 같은 사람 못 만날 거라고,
나랑 헤어지면 반드시 후회할 거라고 생각했다.

그런데 다른 사람 만나서 잘만 연애하고 다니더라.

많은 엄마들이
내가 아니면 밥은 누가 하고 청소는 누가 하느냐 마음으로
자신을 갈아 넣어 집안일을 하지만
엄마가 며칠 쉰다고 해서 집구석이 망하진 않는다.

'내가 없어지면 어떻게 되는지 두고 봐라' 싶겠지만
그럼에도 불구하고… 세상은 그럭저럭 돌아갈 것이다.

타인으로부터 내 가치를 인정받으려 하는 것만큼 허무한 일이 없다.

달이 지구를 돌 듯 타인을 중심으로 내 인생을 살았다면
이제 그만 나의 지구로 돌아오기를.

나를 지켜야 나의 세상도 지킬 수 있다.

내가 몇 살인지 모르고 싶을 때가 있어

친한 언니가 해준 이야기인데….

아마존의 어느 부족은
처음 문명세계에서 그 부족을 발견했을 때
할머니, 할아버지로 보이는 사람들이 거의 없었대.

학자들이 연구를 통해 알아낸 한 가지 사실은 그거였어.
나이를 먹는다는 자각이 없으면 그만큼 늙는 속도가 느리다는 것.
그 부족 사람들은 나이를 먹는다는 개념이 없었던 거야.

75세 울 엄마도 친구랑 싸우면 절교하고
아버지가 다른 여자 쳐다보면 바가지 긁어.

엄마 마음은 하나도 나이 먹지 않았는데…
'나잇값 좀 하세요' '철 좀 드세요' 하는 말들이
우리를, 나를, 엄마를 늙어가게 하는 건 아닐까?

마음은 스무 살 때와 다른 게 없는데
사회가 자꾸 내 나이를 확인시켜주는 거
나는 되게 슬플 것 같아.

미리 말해두겠는데

"나 실수할 거야" 하고 미리 선포하는 사람들이 있다.

난 원래 이렇잖아… 원래 저렇잖아….
그러니까 내가 그렇게 해도 네가 이해해.

마치 그 말이 면죄부라도 되는 것마냥… 어떤 일이 생기면
"그래서 내가 그때 말했잖아. 나 그런 면 있다고."
마치 미리 말했는데 왜 상처받느냐고 되묻는 식이다.
자신은 할 만큼 했다는 표정으로….

나는 어차피 너에게 상처를 줄 테니까
네가 알아서 피해봐.
뭐 그런 말일까?

입이 더러우면 본인이 닦아야지,
침 뱉을 테니 피하라는 건 뭘까?

자신의 단점을 개성인 양 떠벌리고
네가 이해하라고 말하는 사람을 보면
이런 말을 해주고 싶다.

가짜 긍정

1965년에서 1973년까지 베트남전에 참전했던 많은 미군들이 8년 동안이나
포로로 잡혀 있게 되었는데, 언제 풀려날지 알 수 없는 절망적인 시간들 속에서
많은 군인들이 죽었고, 몇몇의 군인들이 살아남았다.

생존자 중 한 명인 제임스 스톡데일은 훗날 어느 인터뷰에서
그 힘든 상황을 끝까지 견뎌내지 못한 사람들에 대해 묻자
"희망에 가득 찬 낙관주의자들은 견뎌내지 못했다"라고 말했다.
그들은 매번 막연하게 긍정적으로 '이번 크리스마스에는 풀려날 거야'
'다가올 추수감사절에는 풀려날 거야' 하고 기대했지만
풀려나지 못하고 좌절이 반복되는 가운데 몸과 마음이 망가져갔다는 것이다.

그러면 어떤 사람들이 살아남았을까?

언젠가 꼭 풀려날 거라는 희망은 놓지 않았지만,
자신이 포로가 된 걸 인정하고 수용하고 그 안에서 할 수 있는 것들을 하면서
버틴 사람들이 살아남았다는 것이다.

가톨릭대학교 정신건강의학과 채정호 교수님이 「세바시」에 출연했을 때
스톡데일 일화를 예로 들며 가짜 긍정에 대해 이야기하셨다.

무조건 잘될 거다, 무조건 좋다고 생각하는 것이 긍정이 아니라는 것이다.
문제가 있다는 걸 받아들이고, 그 안에서 내가 할 수 있는 것을 하는 것.
그것이 '진짜 긍정'이라고 말씀하셨다.

힘든 일이 닥쳤을 때 우리가 해야 할 일은
막연히 '잘될 거야' 하며 그 상황을 외면하는 것이 아니라

있는 그대로를 수용하고 받아들이는 것.
그리고 그 상황에서 할 수 있는 것들을 하나씩 해나가는 것이 아닐까.

대화가 통하는 누군가를 만난다는 것은

무엇보다 슬픈 건… 사람들이 나에 대해 관심이 없다는 거예요.
평소엔 관심이 없더라도 대화하는 동안만이라도 집중해준다면,
그래서 그 순간만이라도 나를 위로해줄 대답을 해준다면 좋을 텐데….
들을 준비가 되어 있지 않은 사람들이 대부분이더라고요.

예전엔 친구들이랑 만나면 즐겁고 대화가 끝없이 이어졌는데
결혼을 하고 다들 관심사가 달라진 뒤로는 할 이야기가 없어지는 것 같아요.

내가 남편과 싸웠다는 이야기를 하면…
내가 바라는 건 그저 "그래, 너 속상했겠다" 정도의 공감인데.
어떤 친구는 "그래도 우리는 너희처럼 싸우진 않아"라며 위안을 삼고,
다른 친구는 "싸우는 건 어른스럽지 못한 방법이야"라며 훈계를 하더라고요.

비슷한 배려심을 갖고
비슷하게 서로를 위해줄 수 있는 친구라는 거
정말 만나기 힘든 거구나…
요즘에서야 많이 느껴요.

친한 동생이 해준 이야기.
그 이야기를 듣고 내가 해준 말은….

우리나라는 인구 5천만.
그중에 비슷한 지역, 학교, 회사에서 만난 사람들과
친구 또는 지인이란 이름으로 살아가는데….
그 좁은 인간관계 중에서
생각의 방향과 삶의 속도, 생활환경에 대한 이해,
삶에 대한 배려가 비슷한 사람을 만난다는 건
정말 희박한 일일 거야.

같은 농담에 웃을 수 있고,
같은 이야기에 눈물 흘릴 수 있고,
비슷한 삶의 무게를 지니고
그 무게에 대해 이야기 나누고 서로를 위로해줄 수 있는 사람.

어쩌면 로또 당첨되는 것보다 더 힘든 일이 아닐까.

인간관계를 억지로 정리하려 하지는 마.
시간이 답을 주더라.
남을 사람은 남고 떠날 사람은 떠나더라.

그런데 꼭 깊은 관계가 남는 건 아니더라고….

'52헤르츠 고래' 이야기 아니?

1989년에 처음 발견된 이 고래는
52헤르츠로 노래를 한대.
고래들은 보통 12~25헤르츠로 의사소통을 하거든.

그 소리가 너무 높아서
그 어떤 고래도 이 고래의 소리를 듣지 못한대.
사람들은 이 고래를
'세상에서 가장 외로운 고래'라고 부르지.

어쩌면 너도 나도
주파수가 조금 다른 한 마리 고래일지도 몰라.

객관적인 친구는 필요 없다

친한 동생이 어느 날, 남편과 다툰 이야기를 친구에게 했는데
친구가 말하길 "네 남편도 잘못했지만 너도 잘못했어."
그러면서 이유를 조목조목 말해주는데
왠지 자신을 내려다보며 평가하는 것 같아서 기분이 별로였다고 한다.

나는 이런 생각이 들었다.

친구가 굳이 객관적일 필요가 있을까?
친구가 객관적이라는 게 가능한 일일까?

누군가 친구를 찾는 이유는 한 가지다.
내 편이 필요해서.

설령 친구의 행동에 잘못이 있다 해도
"네가 그렇게까지 할 정도면 이유가 있었겠지."
"네가 많이 힘들었겠다."
이런 위로면 충분하지 않을까?

제대로 교육받은 성인이고, 본인 스스로를 책임질 줄 아는 어른이라면
말하는 당사자도 이미 본인의 잘잘못을 알고 있을 텐데….
누구에게 몇 퍼센트의 잘못이 있는지 알려달라고
이야기하는 것은 아닐 텐데 말이다.

그냥 객관적인 이야기를 듣고 싶다면
길 가는 사람에게 물어보는 게 가장 현명한 방법이 아닐까?
나에 대한 어떠한 선입견도 없고, 사실만을 확인해줄 사람이 필요하다면….

내 이야기만 들은 나의 친구가
객관적일 확률은 어차피 희박하다.

그러니
친구까지 객관적일 필요는 없다.

네가 세상 말도 안 되는 일을
저질렀다 해도
나는 정말 정말 최선을 다해
너를 이해할 준비가 되어 있어.
자! 이제 말해봐,
친구!!

운전을 배워둘걸…

남편은 늘 나에게 운전면허를 딸 필요가 없다고 말했다.
겁이 많은 내게 운전은 위험하다고.
굳이 안 배워도 괜찮다고.

오빠가 없을 때 급한 일이 생기면 어떻게 하느냐고 해도
택시 타면 된다고 했었다.

시아버님이 돌아가시던 날.
위독하시다는 전화를 받고 광주로 내려가던 길.

나는 처음으로 후회했다.

운전을 배워둘걸….

이렇게 쉽게 깨지는 일상이란

시아버님이 돌아가신 후 몇 달 동안
나 자신도 어떻게 할 수 없는 우울감을 겪었다.

건강하시던 시아버님이 정말 갑작스럽게 돌아가시면서
뭐랄까…
허무함….

누군가 말하길 삶과 죽음은 종이 한 장 차이라던데,
이런 것을 두고 한 말일까?

죽음이 이렇게 가까운데 회사를 다닌다는 것이….
언제 죽을지도 모르는데 일상을 살아간다는 것이….
내 힘으로 막을 수도 없고 아무런 대책도 세울 수 없는데
이런 감정을 평생 안고 살아야 한다는 것이….
죽으면 다 별것 아닌 일들을 매일 반복하며 살아간다는 것이….

그냥… 뭐랄까…
즐거움도 없고 재미도 없고…
숙제만 남은 것 같은 기분.

의문이 들었다.

이렇게 쉽게 깨지는 일상을
나는 왜 그토록 지키려고 노력하고 있을까.
노력한다고 해서 지켜질 일상도 아닌데….

그래서 결론은…
이렇게 하여 우울감에서 벗어났습니다, 라고 이야기하고 싶지만…
여전히 답을 모르겠다.

이런 감정도 안고 살아가는 법을 배우는 수밖에….

실수하는 나를.
정리되지 않은 인간관계를.
죽음과 너무 가까운 불완전한 삶을.

당장은
해결되지도
마무리 짓지도
잊히지도 않을
수많은 순간들을

안고 살아가는 법을 배우는 수밖에….

3장

견뎌낸
시간만큼
단단해지는
언젠가

그거 별거 아니야

내가 가진 모든 증명사진 속 왼쪽 눈은 가운데를 향하고 있다.
평생 찍은 대부분의 사진들 속에서도
내 한쪽 눈은 가운데를 향하고 있다.
사진만 찍으면 유난히 더 도드라져 보였다.

초등학교 때 가장 자주 들었던 말 중 하나가
"너 지금 어디 보고 있어?"였다.

태어날 때부터 왼쪽 눈이 사시였다.
실제로 보면 심한 편이 아니라서 보기에 따라
정상으로도 보이고 아니게 보일 때도 있는데…
사진만 찍으면 한결같이 사시였다.

자라면서 몇 번 안과에 가서 고칠 수 있는지 물었지만
어릴 때 수술을 했어야 했는데 이미 늦었다는 답만 돌아와서
더 이상 알아보려 하지 않고 그렇게 세월이 흘렀다.

마흔 중반을 넘어서는 나이가 되어서야
대학병원에서 우연히 검진을 받다가
"사시 교정 수술 가능해요"라는 말을 듣게 되었다.

다소 냉소적이었던 의사 선생님은 "수술하시겠어요?"라고 재차 물었고,
나는 나도 모르게 눈물을 펑펑 쏟았다.

진료실에서 나와 남편에게 전화를 걸었다.

"오빠, 내 눈 고칠 수 있대"라고 말하는 순간
병원 복도에서 또 한 번 눈물이 터졌다.

하지만 수술 한 번으로 정상이 되는 건 아니었다.
네 번에서 다섯 번 정도 수술을 해야 하고, 비용도 만만치 않았다.

나는 이미 오랜 세월 지금의 눈으로 살아왔고,
이제 와서 여러 번의 위험을 감수하며 눈을 고치고 싶은 생각은 없다.

그저…

"그거 별거 아니야"라는 말이 필요했던 것 같다.

이상해 보이지 않기 위해
필사적으로 의식하며 살았던
지난날들의 내가 떠올랐다.

그게 뭐라고….
그게 뭐라고….

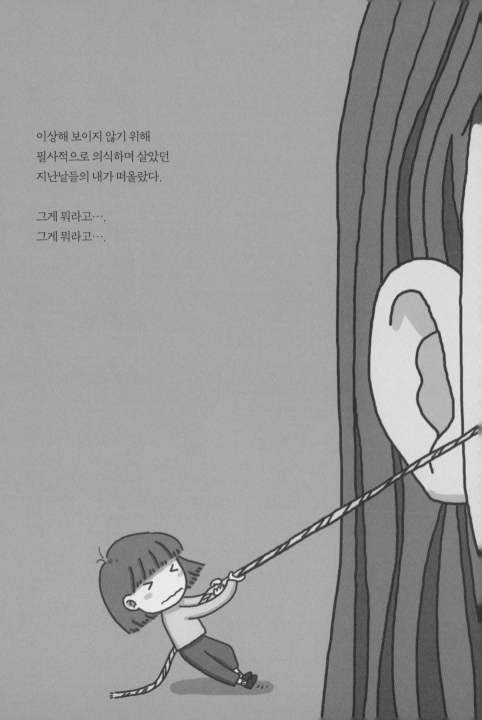

정말 하고 싶은 일이라면

실패하느냐 성공하느냐보다 더 중요한 건
내가 그걸 정말 하고 싶은지 아닌지가 아닐까?

사람은 어차피 성공하는 일만 하면서 살 수는 없어.

나 자신에게 물어보는 거지.
실패한다고 해도 그걸 꼭 해보고 싶냐고.

대답이 YES일 때,

그때 하는 거라고 생각해.

그런 사람은 없어

평소에 너의 모든 걸 세심하게 챙겨준 건
그 아이가 그만큼 예민하기에 가능한 거야.
네가 필요할 때 챙겨주는 섬세함과
네가 실수할 때 대충 넘어가주는 털털함을
동시에 가진 사람은 이 세상에 없어.

할 수 있는 가장 작은 것부터

나이가 들수록 내 마음대로 할 수 있는 게 별로 없어.

시끄럽고 어지러운 마음도
내 마음대로 정리가 잘 안 되고.

올라가는 콜레스테롤도
낮아지는 골밀도도
내 몸 상태도 정리가 안 되니까.

할 수 있는 작은 것부터 해보자 싶어서
몸과 마음이 어지러우면 청소를 해.

그래도 내 주변은 내가 정리하면 바뀌더라.

정리를 하고 나면 신기하게도
새로 시작하고 싶은 마음도 생기더라.

똥인지 된장인지 찍어 먹어봐야 안다

뻔한 결과를 알고도 불길 속으로 뛰어드는 누군가를 보고
혹은 결과가 바뀌지 않는다는 것을 알고도
꼭 그 길을 가겠다는 누군가를 보고
우리는 답답해하며 이렇게 말한다.

똥인지 된장인지 꼭 찍어 먹어봐야 아냐고.

하지만
결국 그렇게 될 거라는 걸 인정하기까지는
그만한 과정이 필요하다.

하루가 멀다 하고 싸우는 부부도
최선을 다해서 해볼 수 있는 거 다 해보며 그 시간을 지나야
결국 이혼한다 해도 미련 없이 떠날 수 있고,

평생을 안고 살아야 하는 심각한 병에 걸린 환자도
나을 수 없다는 현실을 인정하기까지
한약이든 주술이든 해볼 수 있는 건 다 해봐야
받아들일 수 있다.

단계라는 게
과정이라는 게
필요한 것 같다.

누군가는 왜 설명을 해줘도 모르냐고
똥을 꼭 찍어 먹어봐야 아냐고 하지만

똥은 찍어 먹어봐야 안다.

설사 그것이 이미 정해진 뻔한 길이라 해도
그걸 받아들이는 마음의 단계가
우리에겐 꼭 필요하다.

우리가 배워야 했던 것은

언니는 조카를 억지로 공부시키지 않았다.
학원도 하나 이상 보낸 적이 없다.
아이가 공부에 흥미나 재능이 없다면
잘할 수 있는 다른 걸 찾아주면 된다고 늘 말해왔다.

조카는 불행히도 나를 닮아 공부에는 흥미가 없었고,
미술에 관심을 갖기 시작해서 지금은 미술학원 한 곳만 다니고 있다.

어느 날,
언니는 고2가 된 조카에게 주식계좌를 만들어주었다.
그리고 100만 원을 주며 말했다.

"날려먹어도 괜찮고, 이윤이 생기면 그것도 다 네 거야.
네 마음대로 한번 해봐."

그날부터 공부에 시큰둥했던 조카가 경제에 관심을 갖기 시작했다.

언니의 목적은 하나였다.
아이가 공부 외에는 아무것도 모른 채 세상에 던져지지 않는 것.

얼마 전, 미국의 한 사이트를 알게 되었는데
내 그림을 파일로 올려 여러 사람들에게
판매할 수 있는 시스템이 갖춰져 있었다.
나는 세계의 많은 나라들을 상대로 내 그림을 팔아보고 싶어서
판매 방법에 대한 인터넷 강의도 신청했다.

그런데 우습게도 엉뚱한 곳에서 좌절했다.
바로 영어였다.
사이트에 파일을 올리고 내리는 건 어떻게 해보겠는데
고객 응대를 영어로 해야 한다는 말에 멈춰 서고 말았다.

물론 남편은 "우리에겐 구글 번역기가 있잖아"라고 위로했지만.

그때 이런 생각이 들었다.
중고등학교 때 무작정 외우는 공부 방식이 아닌,
앞으로 너희에게 영어가 필요한 여러 가지 상황이 생길 수 있으니
상황에 맞는 영어를 배워보자고 동기부여를 해주었더라면
내 영어 실력도 달라지지 않았을까?

내가 중고등학생 때는 요즘과 달리 단체기합과
사랑의 매를 빙자한 체벌이 난무할 때였기 때문에
나는 그저 맞지 않기 위해서 덜덜 떨며 단어를 외웠던 기억밖에 없다.
한 사람이라도 틀리면 수업이 끝날 때까지 책상 위에 올라가
의자를 들고 있기도 했으니까.

하지만 덜덜 떨며 외웠던 단어들은 위험에서 벗어나자 바로 잊혔다.

그때 내가 학교에서 배웠던 것들이
목적 없이 외워야 하는 교과서가 아니라
세상을 배워가는 과정이었다면,
나의 재능을 알아가는 과정이었다면,

대학 간판을 보고, 대기업에 다닌다는 이유로
승자와 패자를 가르는 지금의 세상이 조금은 달라졌을까.

나는 조금은 다른 어른이 되었을까.

내가 뭘 잘하고
뭘 좋아하는지 모른 채
어른이 되고 대학에 가고
취업을 했어.
어렸을 땐 내일 어떤 일이 벌어질지
궁금해하며 살게 될 줄 알았는데
이젠 아무 일도 일어나지 않기를 바라는
어른이 되었어.

특별하지 않아도 괜찮아

언젠가 'Mickey Seo'라는 유튜브에서
한 외국인 친구의 인터뷰 내용을 본 적이 있는데
외국에서는 어릴 때부터 부모님께 이 말을 들으며 자란다고 한다.

"너는 특별해."

서양권의 대부분 부모들이 그걸 강조하며 아이들을 키우는데,
그래서인지 살아오면서 특별히 남다른 일을 해야 한다는 압박감이 있었다고 한다.
물론 그렇게 키워주신 부모님께는 감사하지만 말이다.

그러던 어느 날, 자신이 특별하지 않다는 사실을 깨달았고
그걸 받아들이는 순간 숨이 쉬어지는 기분이었다고 한다.

그 영상을 보는데 여러 생각들이 머릿속을 스쳤다.

우리나라의 많은 부모들은 내 아이가 남들과 비슷한 삶을 살기를 바란다.
남들이 학교 갈 때 학교 가고, 남들이 취업할 때 취업하고
남들이 결혼할 때 결혼하고, 남들이 아이 낳을 때 같이 낳아 키우기를….
그래야 행복하게 살 수 있다고 믿는다.
그래서 우리는 늘 삶의 속도가 남들보다 뒤처지진 않을까를 의식하는데
자신이 특별하다고 믿으며 자란 아이가 저런 압박감을 느낀다니 의외였다.

정답이란 게 없을지도 모르겠다.

나만 특별하다고 생각하며 사는 것도 문제일 수 있고,
평범한 게 행복이라며 개성을 누르고 사는 것도 문제일 수 있지만…

사람은 누구나 특별하고 유일한 존재인 것도 분명 사실이다.
그러니 내가 특별하고 유일한 만큼
남들도 소중하고 특별한 존재라는 걸 함께 배워간다면⋯

조금은 평범한 삶 속에서 조금은 특별한 나를 지키면서
균형 있게 살아가는 방법도 알아가는 날이 오지 않을까.

넌 특별해.

너도 특별해.
하지만
특별하지 않아도
괜찮아.

정답을 찾아주는 게 아니야

어떤 에세이를 읽었는데
어린 시절 상처를 자꾸 되씹지 말래.
그 글을 읽고 나니까
묻어두고 살았어야 했나 싶고…
잊지 못하고 사는 내가 바보 같더라고.
심리학 책들을 읽어봐도
난 여전히 뭐가 정답인지 모르겠어.

심리학 공부를 하면서
내가 알게 된 게 뭔 줄 알아?
심리학은 정답을 찾아주는 게 아니라
정답이 없음을 배우는 거구나….
나를 고쳐서 잘 사는 법을 알려주는 게 아니라
나를 있는 그대로 인정하고
알아갈 수 있게 만드는 거구나….

에세이는 자신의 생각을 쓰는 책이잖아.
그 책을 쓴 사람은 그게 정답이어서가 아니라
자신이 그렇게 생각해서 쓴 것뿐이야.

표준에 가깝고 성숙하고 극복하고
도덕적이고 보편적인 게 정답은 아닌 거야.

그저 내가 살아온 내 인생이 나의 정답인 거지.

너 정말 힘들었겠다

힘든 일을 겪었을 때 엉뚱하게도 이렇게 물어보는 친구가 있다.

"별일 아닌데 내가 너무 예민한 거지?
신경 쓸 일 아닌 거 아는데도 자꾸 신경이 쓰이고 힘들어."

똑같은 고통을 받아도 금방 잊는 사람이 있고,
상처를 평생 마음에 새기거나 자살을 떠올리는 사람이 있다.

어떤 일에 상처받을 때마다 평균을 내고 거기에 나를 맞출 수는 없다.
누구나 더 취약하고 더 예민한 부분을 가지고 살아간다.
그걸 느끼는 지점들이 조금씩 다를 뿐.

상대방이 내게 힘든 일을 털어놓았을 때
내 감정을 기준으로 이런 말들을 해서는 안 된다.

뭐 그런 걸로 호들갑이야?
참을성이 없구나.
네가 예민해서 그래.
그런 거 하나하나 마음에 담고 어떻게 살아?

너무 힘들다 털어놓은 친구가 원하는 말.
내가 친구에게 해줄 수 있는 말은 이 정도면 충분하다.

"그래…너 정말 힘들었겠다."

당신이 느끼는 모든 감정은 정당하다.

왜 하필 나에게

친구는 서른두 살이 되어서야 갑자기 여러 가지 알레르기가 생겼다.
작년에는 목구멍까지 부어올라서 응급실에 갔는데
조금만 늦었으면 큰일 날 뻔했다고 한다.
아나필락시스였단다.

알레르기 검사 결과 몇몇 과일과 밀가루 때문이라는 진단을 받았다.
그 후로 조금이라도 의심이 드는 음식은 안 먹게 되고
여행을 가서도 먹는 게 스트레스라 여행을 피하게 되고
사 먹는 고추장에조차 밀가루가 들어간다는 걸 알고는
모든 것을 조심하게 되었다고 한다.

행동반경도 좁아지고
먹는 음식도 줄어들고
마음도 위축되는 것 같다고 한다.

나는 그 마음이 조금 이해가 되었다.
지금은 집순이가 되었지만
편두통이 없던 20대 때는 친구들이 바다 보러 가자고 하면
바로 뛰쳐나갈 정도로 잘 돌아다녔다.

그런데 편두통이 생기고 나서는
유독 외출만 하면 머리가 아파오니까
약속을 잡으면 며칠 전부터 긴장을 하기 시작했다.

긴장을 하니 머리가 아픈 건지
머리가 아파서 긴장을 하는 건지조차 모르겠다.
사람 많은 지하철 같은 곳은 산소가 부족해서 그런가 생각하기도 했다.

여행도 안 다니게 되었다. 특히 외국은….
외국에 나가서 편두통이 심해지면 응급실은 어떻게 하나 싶어서.

오랜 시간을 많이 우울해하며 보낸 결과 깨달은 것이 있다.

살면서 가끔 내가 어쩔 수 없는 일들을 만난다.
그럴 때 이런 생각은 도움이 안 된다.

'왜 하필 나에게 이런 일이….'

그런 생각을 하는 순간부터 우울이 땅을 파고 들어간다.
답도 없다.
이런 생각을 반복하는 건 자기 학대와 다를 바가 없다.

그냥 이미 일어난 일.
어떻게 하면 가야 할 그 길을 좀 더 수월하게 갈 수 있을까…
그것만 생각하면 되는 것 같다.

나에게 일어난 일을 해결하려는 의지,
내 인생을 책임지려는 태도가 필요하다.

가끔 일주일 내내 머리가 아프면
나도 어쩔 수 없는 우울들이 올라오지만

허공에 대고 원망하기보다는
내 인생을 책임지기로 했다.

목적 없는 원망으로
땅을 파고 들어가느냐.
어떻게든 적응하고 앞으로 나아가느냐.
선택은 내 몫이다.

알기 때문에 더 두려운 것들

한번 겪었기 때문에 더 두려운 것들이 있다.

뜬구름 잡듯이 맨땅에 헤딩하듯이
하루는 잘될 거라는 생각에 붕 떴다가
또 하루는
'내가 하는 것들이 아무것도 아닌 헛짓이면 어떻게 하지?' 하며
한없이 추락한다.

이런 감정들을 반복하면서, 노력하면서
언제가 될지 모를 그날을 기다리는 것.

모르면 차라리 쉬운 것들이 있다.

한번 해봤으니까 다들 쉬울 거라 생각하지만,
그렇기 때문에 경험해본 사람의 두 번째 도전에는
두 배의 용기가 필요하다.

생각나는 모든 것들을 말할 필요는 없다

사람들은 때때로
말을 하면서 생각이 정리되기도 하고
자신도 알지 못했던 마음속 정답을 찾기도 한다.

그래서 가까운 지인과의 진솔한 대화는
혼자 머릿속이 복잡한 사람에게 꼭 필요하다.

하지만 생각나는 모든 것들을 말할 필요는 없다.

필요 이상의 많은 말들은
성급한 확신을 주기도 하고,
감정을 증폭시켜 별거 아닌 흘러가는 감정을
해결해야 할 큰 문제로 만들기도 하기 때문이다.

말이란, 속에만 담고 있다 해서 없어지는 것도 아니고
밖으로 다 털어낸다 해서 털어지는 것도 아니다.

물에 녹을 수 있는 설탕의 양이 정해져 있는 것처럼
마음속에 담아 녹여낼 수 있는 것들은 녹여내고,
남은 것들은 밖으로 꺼내 털어내는 정도의 대화면
충분하다고 생각한다.

내가 뱉은 많은 말들이
가끔은 해결해야 할 무거운 숙제로 돌아오더라….

어중간한 재능

고등학교 1학년 때였다.

미술 시간에 구성을 그려서 제출했는데
선생님이 작품을 둘러보다가 마음에 드는 그림을 그린
몇몇 아이들을 불러서 미술부에 들어오지 않겠냐고 물으셨다.
그 아이들 중에는 나랑 친한 친구도 있었는데
평소에 그림을 좋아하지도 않던 아이였다.

미술 성적이 좋았음에도 그 명단에 나는 없었다.

첫 회사의 사장은 작업물을 펼쳐놓고 평가하는 걸 좋아했는데
어느 날, "진이 씨는 그림 실력은 별론데 기획력이 있어.
그림은 J씨가 정말 잘 그리지." 하고 말했다.
J씨는 같은 회사 동료였다.

그림을 배우기 전에도, 그림을 배우고 난 후에도…
내 그림은 임팩트 있게 무언가를 뽑아내는 그림이 아니었다.
깊이나 천재성이 느껴지진 않는
그저 누가 봐도 알기 쉬운, 그리기 쉬운 그림이었다.

잘하고 싶은 마음이 커질수록
내 그림은 더 작게 느껴졌다.

나의 재능은 너무 어중간했다.

세월이 흘러
그 스트레스에서 조금이나마 벗어나기 시작한 것이
그림일기를 쓰면서부터였던 것 같다.

사람들이 보는 것이 그림 자체가 아니라
그 그림이 이야기하는 나의 생각이란 걸 깨달으면서부터
조금씩 괜찮아졌다.

그림으로 모든 걸 보여줘야 한다고 생각했던 강박이
글과 함께 짐을 나눠 지게 된 것이다.

물론 요즘은 또다시
'나는 왜 임팩트 있는 글을 쓰지 못하는가'로 머리를 쥐어뜯고 있지만
온통 임팩트 있고 유머와 위트가 넘치는 이 세상에서
나와 같은 사람이 쓰고 그리는
조금은 쉬운 그림과 쉬운 글을 좋아하는 사람들도 있지 않을까…
생각하며 열심히 그리고 쓰고 있다.

나는 잘하는 건 못해도
열심히 하는 건 자신 있으니까.
열심히 사는 누군가가
이렇게 사는 사람도 있구나, 하고
위안 삼아주면 좋겠다.

택배가 쌓이는 이유

행복하지 않은 사람이 물건을 많이 산다던데….

뚫어뻥
배수구 클리너
반조리 닭갈비
책
듀오덤

필요해서 사는 것들이긴 한데…
뭐 살 거 없나 자꾸 찾고 있는 나인 것도 사실.

사람은 쉽게 바뀌지 않아

사람 다 거기서 거기야.

특별하게 좋거나 특별하게 나쁘게
타고나는 사람은 없어.

누군가 좋은 사람으로 바뀌어간다면
그건 그 사람이 착해진 게 아니라
네가 그 사람의 좋은 면을 끌어내준 거 아닐까?

사람은 쉽게 나빠지거나 좋아지거나 하지 않아.
사람은 잘 안 바뀌어.

그저 지금까지 그 사람 곁에
좋은 면을 더 끌어내주는 사람이 없었던 거지.

이랬어야지

친구가 얼마 전에 자궁근종으로 수술을 했다.
비교적 간단한 수술이지만 전신마취를 해야 했고, 병원에 며칠 입원을 했다.
병원이 남편 직장과 거리가 있어서 퇴근하고 오기에 멀기도 했고,
친정 엄마가 간호해주기로 하셔서 남편한테 오지 말라고 했단다.

그런데 사람 마음이 또….

같은 입원실의 다른 환자는 결혼한 사이도 아닌데 남자친구가 문병을 왔더란다.
친구도 막상 마취에서 깨어나니까 남편 생각이 제일 먼저 나고.
그런데 문제는 수술 당일에는 못 와도 다음 날은 올 줄 알았던 남편이
술 약속이 있다며 친구들을 만나러 가버린 것이다.

친구는 퇴원한 후 그 일로 남편과 몇 차례 다퉜다고 한다.
하지만 아직도 서운함이 가시질 않는다고….

그러면 안 된다고 생각하면서도 자꾸 감정적으로 대응하게 되고
작은 일에도 트집을 잡고 싸우게 되더란다.
친구 남편은 '네가 오지 말라고 해놓고 왜 그러냐'고 하고….
그렇게 다툼이 계속 반복된다고….

무슨 말을 했건 사실 다 필요 없는 것 같다.
사랑한다면….

이랬어야지….

나를 바꾸고 싶다면

나는 곧 내가 만나는 사람입니다.
내가 만나는 사람이 나를 결정하기 때문입니다.
나를 바꾸려면 내가 만나는 사람을 바꿔야 합니다.

- 유영만, 『이런 사람 만나지 마세요』 (나무생각, 2019)

사람이 혼자 살아갈 수 없는 존재라는 건 모두가 아는 사실이다.

나를 낳아주신 분은 부모님이지만
나라는 사람을 만들어가는 것은 내 주변의 인간관계라고 생각한다.

나 또한 누군가가 만들어지는 데 기여를 하면서 살고 있다.

어차피 한 번 살다 가는 세상…
마음에 드는 나를 만들며 살고 싶고
누군가에게 좋은 영향을 줄 수 있는 사람으로 살고 싶다.

나는 운이 좋은 편인가

친구와 '운'과 '인복'에 관한 이야기를 하고 있었다.

친언니는 늘 주변에 좋은 사람들이 많았다.
언니를 좋아하는 사람도 많고, 사람들이 언니를 잘 따랐다.
어딜 가나 모임의 중심이 된다고나 할까.

고등학생 때 성당에서 부회장을 맡으면서 좋은 친구가 더 많아졌다.
그런 언니를 내내 부러워하며 자랐는데
나는 인복이 그닥 없었다.

나는 인복보다는 운이 좋은 편이었다.

성적순으로 고등학교를 진학하던 시절.
언니는 집안이 어려워서 여자 상업고등학교에 원서를 냈다.
그런데 언니가 그 학교에 진학하던 해에
여자 상고 최초로 경쟁률이 어마어마하게 나온 거다.
그 학교의 경쟁률이 그렇게까지 올라갔던 적은 없었다.
언니는 물론 합격했지만 원하던 길이 아니었기에 씁쓸해했다.

반면 내가 고등학교에 진학할 때
선생님은 내 성적이 좋은 편이 아니니까
학교를 한 단계 낮춰서 가보는 게 어떻겠냐고 하셨다.
그런데 내가 싫다고, 열심히 해보겠다고 우겨서 조금 높게 원서를 썼다.
그해 내가 지원한 학교는 처음으로 미달이 되었고
나는 수월하게 고등학교에 진학했다.

대학교 3학년 때는
서울에서 두 달간 회사를 다니며 실습할 기회가 있었는데
나는 지낼 곳을 알아보지도 않고 지원을 했다.

그때는 서울에 고시원 같은 곳도 없을 때였고
두 달짜리 월세방을 구하기도 쉽지 않았다.
서울에 아는 사람도 한 명 없었고.

그런데 일주일쯤 뒤였을까?

서울에 사는 과 선배들이 놀러 와서 회식을 하게 되었다.
내 앞자리에 한 여자 선배가 앉아 있었는데
부모님이 사정이 생기셔서 큰 주택에서 혼자 두세 달 정도를 살아야 한다며
같이 살 친구를 구하고 있다는 것이다.

나는 그 집에서 두 달 동안 회사를 다녔다.

살면서 그런 일들이 종종 있었는데
무언가 조금씩 아슬아슬하게 불운을 피해가고는 했다.

그러다 문득
어린 시절 두 번이나 화상을 입은 것이 생각났다.

내가 그걸 생각하면 별로 운이 좋은 것도 아닌 것 같다고 하자
친구가 말했다.

"너 그때 병원에서 못 살린다고 했다며.
다른 사람이면 죽었을지도 몰라.
네가 운이 좋아서 산 거야.
그보다 더 좋은 운이 어디 있냐?"

역시 운도 인복도 생각하기 나름일까?

♯ 내 인생에서 둘 중 하나를 선택해야 한다면?
(체크해보세요)

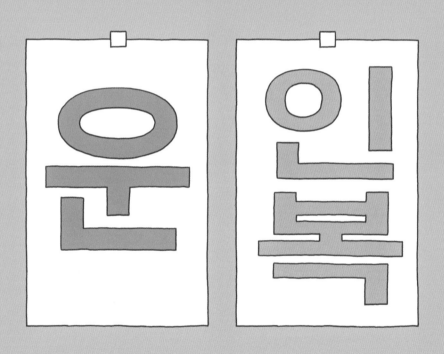

지금의 내가 마음에 든다

20대 중반 즈음.
한동안 몸매가 드러나는 타이트한 옷에
하이힐만 신고 다녔던 적이 있다.

지금은 무난한 반바지에
오버사이즈 티셔츠만 입고 다닌다.
개인적으로는 지금의 내가
더 마음에 든다.

예전에 그런 글을 쓴 적이 있다.
"조금은 긴장하고 사는 게 맞는 것 같다.
그래서 나는 매일 집에 있어도 화장을 한다."

화장을 하거나 꾸미고 다니는 건 사실 개인의 자유, 취향일 뿐인데….

20대 중반 어느 시절에 나는 정말 있는 힘을 다해 꾸미고 다녔다.
어떤 주관이 있거나 해서 그런 게 아니라
그냥 남들의 '예쁘다'라는 칭찬이 좋았던 것 같다.
살면서 별로 들어보지 못한 말을 들으니까 좋기도 하고
더 듣고 싶은 마음에 노력까지 하게 되었던 것이다.

문제는 나 스스로의 만족이 아니라
남들에게 외모로 인정받고 싶은 마음이었다는 거다.
그 말을 뒤집으면
나도 어느 정도 남들을 외모로 판단했다는 말이 되니까.

여러 가지 생각을 해보게 되었다.

세상의 중심을
나의 가치를
남들의 시선에 두지 말고 나 자신에게 두자.
내 마음을 좀 더 건강하게 만들어보자.
평가에 흔들리지 않는 단단함을 만들어보자.

물론 남들의 시선과 상관없이 화장 자체가 좋은 사람도 있을 테고,
그런 생각을 비난할 마음은 요만큼도 없다.

나도 남들의 시선과 상관없이 긴 머리를 좋아한다.
어깨에 닿는 머리카락의 느낌,
바람에 날리는 머리카락의 느낌을 좋아하기 때문이다.

그저, 내 삶의 중심이 남들 쪽으로 치우쳐 있었던 것은 아닐까…
생각해봤다는 이야기를 하고 싶은 것이다.

사랑받고 싶어 하고
관심받고 싶어 하는 게 잘못인가, 라고 한다면
물론 그것도 자유지만….

남이 나를 어떻게 생각하는지를 약간은 내려놓은
조금은 편안해진 내가 싫지 않은 나이가 되었다.
물론 노화가 좋다는 말은 아니지만.

라면 끓여 먹고 난 후 커피믹스를 마신다는 것은

예전엔 몰랐지.
라면처럼 짠 음식을 마음대로 먹으려면 신장이 건강해야 하고

커피믹스, 아이스크림 등등
단 음식을 마음대로 먹으려면 당뇨가 없어야 하고

삼겹살처럼 지방 많은 음식을 마음대로 먹으려면
콜레스테롤 수치가 낮아야 한다는 걸.

40대가 되고 고지혈증인 친구, 당뇨 초기인 친구,
신장이 약한 친구가 하나둘씩 생기니까 알겠더라.
60~70대에 라면 끓여 먹고 나서 커피믹스를 마실 수 있다는 건
아무나 할 수 있는 게 아니었어.

아무것도 아니야

친구네 아이가 말이 늦는다며 걱정을 하길래….

나는 차별 안 해요

나는 차별하지 않는다.
차별을 본 적도 느낀 적도 없다며
괜히 세상 시끄럽게 오버하는 거 아니냐는 사람들이 있다.

"나는 차별 안 해요"라고 말하면
세상에 차별받는 사람들이 없어지는 것일까.

인종 차별을 내가 안 한다고 해서 없다고 말할 수 있나.
여성 차별이 내 주변에 없다 해서 이 세상에 없다고 할 수 있나.
장애인 차별을 내가 겪지 않으니 몰라도 된다고 할 수 있나.

공감 능력이라는 게 있다.
지금 당장 내가 당하지 않아도 언젠가 내가 겪을 수도 있다는 마음.

내가 안 했으니 난 모르겠다는 방관….
글쎄….

누구나 차별의 대상이 될 수 있다.

드라마 「미스터 션샤인」에서
애신이 곤경에 처한 조선의 여인을 구하고자 할 때
유진은 저 여인 하나 구한다고 조선이 구해지지 않는다며 말린다.
그때 애신은 이렇게 대답한다.

"구해야 하오. 어느 날엔가 저 여인이 내가 될 수도 있으니까."

남자든 여자든
내가 안 한다 해서, 모른다 해서
세상에 일어나는 차별이 사라지진 않는다.
세상이 평등해지진 않는다.

외면은 그저 외면일 뿐이다.
외면은 또 다른 '차별의 허용'일 뿐이다.

편두통 환자의 엉뚱한 상상

편두통을 오래 앓다 보니 가끔 엉뚱한 상상을 한다.
1부터 10까지의 통증 중에 1이나 2 정도의 두통을 평생 가지고 살면
100억을 주겠다고 누군가 제안을 한다면…?

머리가 깨끗하게 안 아픈 순간은 죽을 때까지 없지만
약 먹을 만큼은 아프지 않고 일상생활에도 지장이 없다면…?

이건 아픈 것도 아니고
안 아픈 것도 아니여~

당신은 100억을 받을 것인가?

☐

100억을 받고
약한 두통을 평생 안고 살겠다.

☐

하루를 살아도
안 아프고 건강하게 살겠다.

불안이 많은 사람들에 대한 변명

나는 불안이 많은 사람이다.

나 자신이 제대로 살고 있는지에 대한 불안.
주변에 믿음보다 실망을 주게 될까봐 느끼는 불안.
내가 나 자신을 온전히 책임지지 못할까봐 생기는 불안.
내가 능력 없고 보잘것없는 사람이면 어쩌지 하는 불안.

불안이 있는 사람은
대부분 잘 살아야 한다는 강박이 심하고
미래의 안전에 대한 두려움이 큰 편이다.

불안함은 강한 성격으로 표출된다.
자신이 정한 규칙에서 벗어나면 화를 내는 경우가 많은데
대부분 불안해서 그러는 것이다.

불안해서 화내는 사람에게 논리로 잘잘못을 따져서는 안 된다.
아무리 잘 정리된 논리라 해도
불안한 사람에게는 그저 자신의 규칙에 돌을 던지는 것에 불과하다.

그들에게 가장 먼저 해줘야 하는 것은
안심시키는 일이다.

이런 뻔한 말들과 믿음들이 작은 마음에 공간을 만들어주고
공간이 생긴 후에야 비로소 논리적인 사고가 가능해진다.

강한 성격을 가진 사람들 중 불안한 사람들이 많다.
강하다고 해서 외롭지 않은 것은 아니다.
외롭기 때문에 강한 척하는 것일 뿐이다.

불안을 감추기 위해 강한 척하는 누군가를 친구로 두었다면
논리로 따지기보다는
먼저 마음의 공간을 만들어주길 바란다.

너는 잘하고 있어.
이만큼 하는 것도 대단하다고 생각해.
너는 지금도 너무너무 잘하고 있지만
만에 하나 네가 흔들린다 해도
내가 잡아줄게.
그러니까 걱정하지 마.

그들에게 필요한 건 논리가 아닌 응원이다.

안 될 줄 알면서도

사람이 살면서 나의 재능을 알아봐주고
나의 미래를 믿고 투자해주는 사람을 만난다는 건
얼마나 희박한 확률일까?

심지어 우리는 스스로를 하찮게 보는 경향마저 있어서
수많은 가능성들이 우리 안에서
그렇게 고였다 사라지기를 반복하고 있진 않을까?

나는 이렇게
가능성을 꺼내주고
기다려주고
바라봐주고
넘어져도 일으켜주는 역할을
부모님들이 해야 한다고 생각한다.

누구나 초라한 시절을 보내고서야
인생의 중심에 우뚝 설 수 있는 거니까.

당장은 망할 줄 알면서도 기꺼이 응원해주는 누군가가
그렇게, 더 멀리 뛰어오를 수 있는 발판이 되어주는 누군가가
우리에겐 너무나 절실히 필요하다.

살다 보면
더 멀리 뛰기 위해서
뒤로 몇 발자국
후퇴해야 할 때도 있는 거야.

평범한 하루를 살아낸 당신이 기적

사람들은 흔히 신체적이거나 정신적인 역경을 이겨내고
그것을 극복한 새로운 인생을 살거나 하는 것에 열광한다.
많은 불편과 불가능한 상황을 이겨냈을 때,
그것을 기적이라고 말한다.

우리가 사는 세상에는
침을 삼키지 못하는 힘든 삶도 있고
걷지 못하는 삶도 있고
볼 수 없는 삶도 있고
말할 수 없는 삶도 있고
생각하지 못하는 삶도 있다.

그런데 이런 모든 기능들을 잃었다가 되찾아야만
기적이라고 말할 수 있는 걸까?

당신이 오늘 아침
두 발로 걸어서 회사에 오고
두 손으로 커피를 들고
앞에서 오는 자전거를 피하고
넘어졌다가 혼자 다시 일어날 수 있었다면
그 모든 것이 기적이 아닐까.

잃은 적이 없다고 해서 되찾은 적이 없다고 해서
애초에 당연하게 가지고 태어나고 누렸다고 해서
당연한 것은 아니다.

당신의 삶은 어느 것 하나도 당연하지 않다.

지금 오늘 하루 평범하게 살아낸 당신이 기적이다.

선물처럼 주어진
기적 같은 오늘이다.

친구와 멀어지는 마음의 단계

어느 날 친구가 나에 대한 수준 이하의 비난을 함.
친구는 그 말이 상처가 될 거라는 걸 깨닫지 못하는 것 같음.
그저 자신이 객관적이라고 생각하는 것 같음.
상처받은 나는 한동안 어떻게 할까 고민을 함.

정상적인 도덕적 사고를 가졌다면
스스로 깨닫고 먼저 사과했어야 하지 않을까 생각이 듦.

본인이 말하고도 뭐가 잘못인지 깨닫지 못하는데
내가 알려주는 게 무슨 의미가 있을까 싶음.

내가 말해준다 해도
'네가 너무 예민한 거 아냐?'라고 생각할 확률이 높음.

나는 근본적으로 그 사람의 도덕적 사고를 바꿀 수 없음.

나쁜 의도가 없었다 해도
그 사람의 곁에서 내가 자꾸 상처를 받는다면….

결론은…

그냥 '그 정도의 사람이구나' 하고 거리를 두어야 하는 거 아닐까?

너 너무
예민한 거 아냐?

좋은 인연이란

내 옆에 있는 사람이
좋은 사람인지 아닌지 알 수 있는 방법은
상대방에 따라 변하는 내 모습이
마음에 드는가 아닌가로 판단할 수 있다고 한다.

그 사람의 옆에 있을 때 나의 모습이
불안하고 초라해지고 눈치 보고
힘들고 외로워지는가?

아니면,
좀 더 나은 사람이 되고 싶고
재미있고 든든하고
내가 괜찮은 사람처럼 느껴지는가?

내 곁에는 지금 어떤 사람이 있는 걸까?
나는 그에게 어떤 사람일까?

내 능력은 여기까지

살다가 가끔 한 분야의 천재를 만나면 우울해진다.

나는 그림을 그리는 사람이니
당연히 그림을 천재적으로 잘 그리는 사람을 보면
며칠씩 우울해지곤 한다.

때때로 그런 마음이
나의 재능에 채찍질이 되기도 하고, 동기부여가 되어주기도 하지만
그 감정이 정도를 넘어서면
지금까지 열심히 한 나의 노력까지 하찮게 만들기도 해서
그 감정에 깊게 빠지지 않으려 애쓰는 편이다.

가끔은 결과물이 이미 나와 있는데도 계속 자책을 한다.
저 부분은 저랬어야 했나….
이렇게 했다면 결과가 더 좋았을까….
작업 기간을 두 배로 늘렸다면 어땠을까….

웹툰 작가 조석 님이 어느 TV 프로그램에 나와서 이런 이야기를 했다.

"마감 때 완성도를 포기 못하는 사람이 있는데 나는 마감을 잘 지킨다.
내 능력은 여기까지다. 더 해도 나아지지 않는다.
라고 생각한다."

그 말을 들으니 사이다를 시원하게 마신 듯했다.

결과물이 나오면 있는 그대로를 인정하고
"난 최선을 다했어. 내 능력은 여기까지." 하고 털어버리는 마음이 필요한데
그게 잘 안 되었던 것이다.

하지만 내가 10년을 붙들고 있다고
내 그림이 천재의 그림이 되지는 않는다.
천재의 그림이 내 그림의 정답이 될 수도 없다.

많은 사람들이 조금만 더 노력하면 나아질 수 있다고 말하지만
평생을 '나는 부족해'라는 열등감 속에서 살 수는 없지 않을까.

노력해도 안 되는 것이 있다.
노력해서 다 되는 세상이면 얼마나 살기 편하겠는가.

"내 능력은 여기까지다."

기초체온이 높은 사람

나는 기초체온이 높은 사람이다. 보통 37도가 넘는다.

남편에게 물었더니 남편이 하는 말.

사실이다.

기초체온이 높은 이유가 그건 아니겠지만 나는 자주 열 받아 있다.

뉴스를 보거나 책이나 기사 등등을 읽고도 자주 열 받는 타입이다.

지인의 지인이 빌린 돈을 안 갚고 있다는 말에도 열을 받는다.

그러다 보니 사람을 만나거나 사건사고를 접할 때

필요 이상으로 쉽게 지치고 스트레스를 받는다.

내 주변 사람들은 모두들 그런 나를 보고

너만 열 받지 세상은 너 따위 신경 쓰지 않는다고 말하는데도.

세상 사람 모두 나 같지 않다.

나와 같을 수 없다.

가장 친한 친구도 심지어 가족도

나의 도덕적 기준에 맞춰 살지는 않는다.

불법이 아닌 이상 '그럴 수 있지' 하며

넘어가는 태도도 필요하다는 것이다.

사람들 저마다

뭔가 조금씩은 화가 난 채 살고 있는 건 아닐까

생각되는 요즘이다.

기초체온 1도를 높이면 병이 사라진다고 한다.

하지만 내 마음은 1도 정도 차가워질 필요가 있는 것 같다.

하늘의 큰 그림

초등학교 때 엄마가 언니와 나를 불러놓고
한 달 용돈이니 아껴 쓰라며 1,500원씩을 주셨다.
그게 처음 받아본 용돈이었다.

언니는 그 돈을 바로 저금통에 넣었고,
나는 구멍가게로 달려가서 100원짜리 빵 열다섯 개를 사 먹었다.

그날로 우리의 용돈 시스템은 끝이 났다.

나는 먹는 걸 정말 좋아하고 식탐이 많아서
대학 때도 과식을 하다가 급체를 해서 응급실에 간 적이 있다.

지금은 조금만 과식을 하면 바로 체하는 체질이 되어버려서
늘 조심하며 양을 조절해서 먹는 편인데
아마 위장이 튼튼해서 그 많은 음식을 다 소화시켰다면
나의 체지방과 콜레스테롤은 어마어마하지 않았을까?

그뿐인가.

대학 때 나의 별명은 주정뱅이였다.
그렇게 술을 좋아했는데 편두통이 생긴 이후로는
술을 마시면 편두통이 더 심해져서 마실 수 없게 되었다.
얼마 전에도 맥주 한 캔을 마셨다가 일주일 내내 편두통 약을 먹었다.

나의 부실한 위장은 과식을 막았고,
나의 편두통은 알코올중독을 막았다 해도 과언이 아니다.

이 정도면
나를 살리려는 하늘의 큰 그림이 아닐까?

어쩌면 우리의 작은 불행들은
더 큰 불행을 막기 위한 하늘의 큰 그림일지도 모른다.

이젠 츤데레가 싫다

나는 츤데레가 싫다.
유명 맛집의 욕쟁이 할머니가 싫다.
드라마 「동백꽃 필 무렵」의 게장 골목 아줌마들이 싫다.

어렸을 땐 순정만화에 나오는 차가운 남자 주인공이 멋있어 보였다.
평소엔 냉담하던 남자 주인공이
어쩌다 한 번 툭 던지는 사랑 고백이 참 멋져 보였다.

오래된 유명 맛집에 가면 종종 계시는 욕쟁이 할머니가
재미있어 보이던 시절이 있었다.
콘셉트인 것 같고, 개그 보는 것 같고, 다들 재미있어 하니까
욕먹어도 좋을 만큼 엄청 맛있나 보다 했다.

드라마 「동백꽃 필 무렵」에 나오는 게장 골목 아줌마들이 인기가 많았다.
착하디착한 동백이를 오랜 시간 은근히 괴롭혔지만
나는 괴롭혀도 남이 내 동생 괴롭히는 꼴은 못 본다며
결국엔 동백이를 보호해주고 가족처럼 잘 지내는 모습을 보고
착하고 좋은 사람들이라고 생각했었다.

이런 것들이 좋고 재미있게 느껴지던 때도 있었는데…
이제는 왠지 그것들을 견뎌야만 경품처럼 주어지는 마음 같아서
나는 그런 행위들이 무례하고 거추장스럽다.

츤데레보다는 처음부터 다정하고 한결같은 사람이 좋다.
아무리 맛집이라 해도 욕쟁이 할머니가 운영하는 거친 식당보다는
내가 낸 돈만큼 편하게 먹을 수 있는 쾌적하고 친절한 식당이 좋다.
몇 년을 못살게 굴다가 막상 동네를 떠난다고 하니
뒤늦게 후회하고 잘해주는 동네 아줌마들보다는
괴롭히지도 않고 도움도 안 주는 그저 조금은 무관심한 이웃이 더 편하다.

내 관심과 사랑을 받으려면
그 정도 굴욕은 버티라고 말하는 사람보다

내가 소중한 만큼 상대방도 소중한 줄 알고
조금은 어려워하고 조심스러워하는
나를 닮은 소심하고 정 많은 사람이 좋다.

나는 그저 나같이 평범한 사람이 좋다.

정해진 답은 없다

자신이 정말 하고 싶고, 자신에게 잘 맞는 일을 찾기 위해
회사를 다니면서 몇 년간 인터넷 강의를 듣는 데만
2천만 원을 투자한 사람의 이야기를 들은 적이 있다.
지금은 그 노하우들이 쌓여 자신에게 가장 잘 맞는 일을 찾았다고 한다.
그 시간들이 없었다면 자기는 예전과 똑같이 살고 있었을 거라고.

한 가지를 오래 하고 꾸준히 하는 게 철든 거라고,
어른스러운 거라고들 말하지만
어쩌면 세상에서 가장 쉬운 게
하던 거 하는 거, 살던 대로 사는 거 아닐까?

뒤늦게 도전하는 사람을
꿈이 남들보다 많은 사람을
세상은 어른스럽지 못하다 치부하지만

남들보다 조금 더 빨리
한 직업에 자리 잡고 오래 버티는 것이
모든 사람에게 가장 좋은 정답이 될 수는 없다.

세상은 질문을 던지는 사람에게만
답을 주는 것 같다.

4장
- - - - - - - - -

상처도
경험이 되는 날이
오겠지

씨뿌리기

집을 소개하는 TV 프로그램에
1층은 카페, 2층은 가정집인 건물이 나왔는데
정말 정말 내가 꿈꾸던 건물이었다.

남편을 보며
"우리도 나중에 저런 건물 지어서 카페 하면서 살까?" 하고 말하니
남편도 흔쾌히 "좋지~" 했다.

카페 이름도 생각해보고
당장 구입할 돈도 없으면서 건물을 지을 만한 땅도 검색했다.

나는 이런 과정을 '씨뿌리기'라고 생각한다.

하고 싶은 것, 이루고 싶은 것,
나를 설레게 하는 꿈이 될 만한 것들이 생기면
관심을 갖고 시간 날 때마다 알아보고 실현 가능성을 체크해본다.

'씨뿌리기'는 많이 할수록 좋다.

'씨뿌리기'가 없으면 세상의 모든 기회들이 나를 스치고 지나간다.
어차피 내 길이 아닌 불가능한 일이다 생각하면
그다음은 없으니까.

하지만 나를 설레게 하고, 관심이 가는 것들을 찾을 때마다
씨앗을 뿌리고 관심이라는 물을 주면
그저 지나갈 수도 있었을 작은 기회들을 붙잡고
어느 날은 싹을 틔우는 씨앗들이 생겨나게 된다.

내 것이 아니라고 생각하는 이에게
배달되는 행운은 없다.

딴짓의 중요성

19년째 인터넷에 일기를 올리고
그것들을 모아서 책 작업을 하고 있다.

작업을 하다 보면
막상 책이든 일기든 가만히 책상에 앉아 모니터만 보고 있으면
진짜 아무 생각이 안 날 때가 많다.

그럴 때일수록 영화도 보고, 책도 읽고
친구를 만나 수다도 떨어야
재미있는 소재도 생기고, 다른 방향으로 사고도 확장되고
새로운 아이디어들도 떠오른다.

우리가 찾는 신선한 생각들은
책상 위에 없는 경우가 많다.

인생을 바꾸는 대부분의 아이디어들은
어른들이 말하는 그 쓸데없는 '딴짓'에서 시작되는 게 아닐까?

하향평준화 하지 말기

친구들이 불편한 게 싫어서
귀찮은 일들을 도맡아 했어요.
그런데 언제부턴가 아랫사람 대하듯이
당연하게 저에게 시키더라구요.
이젠 될 수 있으면
배려 따위 하지 말아야겠다 생각했어요.
만만한 사람이 되는 것보단
어려운 사람이 되는 게 나은 것 같아요.

모르는 게 약일까?

나는 약을 먹기 전에 그 약들의 부작용을 다 읽어보는 편이다.

그도 그럴 것이 나는 예전에 역류성 식도염 약 부작용으로 두통이 와서
한 달 만에 5킬로그램이 빠진 적이 있고,

CT 조영제 부작용으로 온몸에 두드러기가 나서
다 회복되기까지 7년이 걸렸었다.

언니는 이렇게 말하지만….

부작용 생각하면
아무 약도 못 먹어.

얼마만큼 미리 주의하고, 얼마만큼 신경 쓰지 않아야
현명하게 살 수 있는지 나는 잘 모르겠다.
너무 큰 공포는 내 일상을 지탱할 수 없게 만들고,
너무 안일한 대처는 나를 위험에 처하게 만든다.

누군가는 그랬다.
인류가 아직까지 이어져올 수 있었던 건 모두
불안이 많은 사람들이
미리 조심하고 대책을 마련했기 때문이라고.

낙천적인 사람들만 존재했다면
인류는 진즉에 멸망했을 거라고.

마음에 안 든다고 안 보고 살 필요는 없어

나는 한번 크게 실망하고 나면
그다음부터 그 사람에게 투자하는 나의 시간과 에너지가
아깝다는 생각을 하는 편이다.

그 사람은 변하지 않을 거고
나 또한 그의 무례를 수용할 만큼 그릇이 커지지 않을 테니
언젠가 또 상처를 주고받는 걸 반복하게 되지 않을까….
그렇다면 안 보는 게 맞는 거 아닐까….

그런데 남편이 이런 말을 해준 적이 있다.

크게 실망했다고 꼭 인연을 끊고
다시는 안 보겠다 마음먹을 필요는 없어.

가까이 있을 때는 나쁜 인연이었지만
거리를 두고 봤을 때 좋은 인연도 있어.
시간이 흐른 후 거리를 두고 가끔 연락하는 사이가 되면
곁에 있어도 괜찮은 인연일 수 있어.

한 사람과의 인연도
세월의 흐름에 따라 실망해서 멀어지기도 하고
또다시 이어져서 다시 사이가 좋아지기도 해.
그냥 흘러가게 두면 균형을 잡으면서
그 사람과의 거리를 찾을 수 있을 거야.

지금 그 사람이 마음에 안 든다고 해서
꼭 인연을 끊을 필요는 없어.

나를 둘러싼 모든 사람들과는
그 사람과 나를 유지시켜주는 적정 거리가 있는 것 같다.

기부는 자기만족일까?

친구가 자신의 베프를 만나 수다를 떨고 있었다.

그러자 친구의 베프가 말했다.

친구는 베프의 그 말에 왠지 모를 서운함을 느꼈다고 한다.
그리고 내게 봉사나 후원에 대해 어떻게 생각하느냐 물어왔다.

나는 사실 자기만족이든 아니든
그런 건 별로 중요하지 않다고 생각한다.
누군가의 기부 행위로 인해 누군가가 새 삶을 얻을 수 있다면
새 삶을 얻는 사람 입장에서
기부한 사람의 의도나 마음 상태가 과연 중요할까?

그리고 타인이 새 삶을 살 수 있도록 돕는 사람과
그런 일에 무관심한 사람의 시작점이 같을 수 없다고 생각한다.

타인의 고통과 힘듦에 무관심한 사람은
삶을 싹틔우는 데 물을 주는 사람의 마음가짐에 대해
논할 자격이 없다는 말이다.

내 인생의 리모컨을 타인에게 쥐어주지 말 것

사람은 누구나 인정욕구라는 게 있다고 한다.

인정욕구란 말 그대로 타인에게 인정받고 싶어 하는 욕구로
타인에게서 자신의 생존 이유에 대한
확신을 얻고 싶어 하는 마음이라고 한다.

"너는 필요한 존재다. 너는 생존할 가치가 있다." 같은….

이게 너무 심해도 문제, 너무 없어도 문제인데
나는 인정욕구가 좀 강한 사람인 것 같다.

생각해보니,
나는 내가 필요로 하는 사람보다
나를 필요로 하는 사람에게 마음이 더 기우는 편이었다.

나에게 있어 최고의 찬사는
"네가 없었으면 어쩔 뻔했니?"
"네가 있어서 다행이야. 정말 고마워."
이런 말들이었다.

예전에 친했던 친구들을 생각해봐도
내 이야기를 하는 것보다
주로 친구의 이야기를 들어주고, 다독여주고
넘어져 있는 친구를 일으켜주고, 힘을 내게끔 도와주고
그러면서 나의 필요성을 스스로에게 증명하고
'나는 잘 살고 있어' 하며 안도했던 것 같다.

그러다 어느 날,
그런 나의 노력을 당연시하거나 몰라주면 분노하고.

내가 왜 이런 관계들을 자꾸 이어갈까 생각해보니
어렸을 때 주변으로부터 인정이나 칭찬을 잘 못 받았던 건 아닐까
하는 생각도 들었다.

정말로 건강한 건
남이 나를 필요로 하든 말든
나는 나 자체로 존엄하고
존재 자체로 소중하다는 걸 깨닫는 일인데
그게 잘 안 되는 것 같다.

인간관계를 지나치게 확인하려 하고
주변 사람에게 나의 평가를 맡긴 채
호응이 없으면 좌절하고
호응이 있으면 그걸 유지하기 위해
가랑이 찢어지게 노력하는…
정말 피곤하게 사는 인간형이 된 거다.

그래서 어느 날부터인가
나의 인간관계가 극소수로 좁아진 것 같다.
누군가를 만나면 평가를 받아야 하고
그럼 나는 또 노력할 게 뻔하고…
그런 반복이 너무나 피곤하기 때문이다.

이제 좀…
다른 사람에게 인정받기 위해
나를 채찍질하는 걸 멈춰야 할 것 같다.

적어본다.

"내 인생의 리모컨을 타인에게 쥐어주지 말 것."

복 받은 인간

인터넷에서 '다른 사람에게 관심이 없는 사람 특징'이란 글이 회자되기에
어떤 내용일까 들여다보았다.

나와는 태생이 다른 인간형.
친구 때문에 고민하는 걸 한 번도 본 적이 없음.

건강한 마음의 거리

사람과 사람 사이에는
건강한 마음의 거리가 필요하다.

나는 한때 친구가 생기면
온 세상이 그 친구 위주로 돌아가곤 했다.
친구의 하루 일과를 알아야 하고,
내가 모르는 친구의 변화가 있으면 서운하고.

그러다 보니 그 친구에게 안 좋은 일이 생기면
같이 고민하는 걸 넘어서서 과도한 감정이입으로 힘이 들었다.

그러니 가까워질수록
웃을 일보다는 우울할 일이 훨씬 많았고,
시간이 흐를수록 그 관계에 지쳐갔다.

엄마와 딸의 관계도 마찬가지라고 생각한다.

주변의 많은 친구들이 비슷한 일을 겪고 있었는데…
엄마와 아빠가 사이가 좋지 않은 경우
대부분의 엄마는 딸을 붙들고 아빠에 대해 좋지 않은 이야기를 하고
딸은 감정이입해서 엄마 대신 아빠에게 분노하고
그걸 보는 엄마는 '역시 딸밖에 없다'며 또 의지하고….

이렇게 밀착된 친구 관계도
밀착된 엄마와 딸의 관계도
행복하기는 힘든 관계가 아닐까….

서로의 마음을 건강하게 유지하기 위해서는
아무리 친한 사이라 해도…
아무리 부모 자식 간이라 해도…

마음의 거리가 필요하다.

너와 내가 구분되지 않는 밀착된 관계는
어느 선에 다다르면 반드시 문제가 생길 수밖에 없다.

아무리 좋아하고 사랑하는 사이라 해도
우리는 그저 서로의 인생에 잠시 머물다 가는
손님에 불과하다는 것을 인정해야 한다.

일정한 거리를 유지할 수 있어야만
건강하게 오래 함께할 수 있다.

어느 누구도 다른 사람의 인생을 대신 살아줄 수는 없다.

못하는 자신을 견딘다는 것

좋아하는 어떤 작가님의 5년 전 그림을 보게 되었다.
지금과는 전혀 다른 서툰 그림이었다.
어쩌면 타고난 천재는 거의 없을지도 모른다.
못하는 자신을 하루하루 견디며 나아가는 사람과
내가 해봤자 뭐가 되겠냐며 시작하지 않는 사람이 있을 뿐.

그러면 어쩌지

사는 게 참 피곤하다는 생각이 드는 날이 있다.
그러다 문득 걱정이 된다.

지금이⋯
피곤한 오늘이 그리운 날이 오면 어쩌지⋯.

지금의 내가 너무 하찮고…
'그래…사는 게 즐겁지만은 않지'라는 말이 와닿는 날에….
노력해도 나아지지 않는 현실이 조금은 무거운 날에….
엉뚱하게도 이런 걱정이 든다.

지금이 바닥은 아닐 텐데….
아직 살날이 많은 나이인데….
반백 살도 안 살았는데….

이다음에….
다음에….

지금이 그리운 날이 오면 어쩌지….

공부를 못해서

내가 잘하는 게 뭐지?
내가 뭘 좋아하지?

학교 다닐 때부터 어른이 된 후에도
많은 사람들이 이런 고민을 하지만
나는 한 번도 이런 고민을 해본 적이 없다.

공부도 적당히 하고
뭘 하든 웬만큼 해야 고민도 하고 꿈도 꿀 텐데
나는 그림 빼고는 뭐든지 평균 이하여서 고민할 필요가 없었달까.

수학은 빵점 맞은 적도 있고
체육시간에 공 던지기를 하면 내 머리 위로 바로 떨어졌다.

공부를 잘하는 사람은 뭘 할까 고민이 많이 될 테지만
나는 공부를 못해서 고민도 방황도 없었던 것 같다.

초등학교 1학년 때부터 고3까지 나의 장래희망은 만화가였다.
그리고 지금 대충 비슷한 일을 하고 있다.

공부를 평균만큼만 잘했어도
전혀 다른 인생을 살고 있었을지 모르지만
지금만큼 행복하진 않았을 것 같다.

공부도 못해

악보도 못 읽어

춤도 못 춰

삐걱

삐걱

운동도 못해

그냥 지나가는 일일 뿐

어떤 일로 너무 힘이 들면
1년 후의 나를 상상한다.
그때는 이 일들이 모두 지나간 뒤겠지.
지나간 일들이겠지.
작년 이맘때 내가 무슨 일로 힘들었는지
기억나지 않는 걸 보면
내년 이맘때 떠올릴 1년 전 오늘도
그냥 지나가는 일일 테지.

나에게 시간을 줄 것

"원래 자기감정은
자기가 처리할 시간을 주는 게 더 좋아."

- 이효리, JTBC「캠핑클럽」에서

내가 자주 떠올리는 말이 있다.

"나의 불안은 나 외에 누구도 해결해주지 못한다."

불안한 일이 생기면
친구든 언니든 누군가에게든 내 불안을 털어놓고 위로받은 후
빨리 털어버리고 싶어진다.

하지만 그렇게 밖으로 내 감정을 쏟아내 봐야
불안은 해결되지 않는다.

정리되지 않은 내 생각에
다른 사람들의 의견과 감정들이 덧붙여져
오히려 불안만 더 키운다는 걸 종종 경험한다.

나에게서 생겨난 감정들은
나 스스로에게 정리할 시간을 주는 것이
가장 좋은 것 같다.

나만 참으면 되는 것일까?

누군가에게 어떤 말을 듣고 기분이 나빠지면 그때부터 내 감정들은 싸움을 한다.

그래서 그 말에
기분 나빴다고 말하게?
나의 예민함에
상대방이 질릴 수도 있다고.
마음의 거리만 더 멀어질 거야.
걔가 이제 너에게 무슨 말을
편하게 할 수 있겠니?

내가 싫어하는 부분을 말해줘야
상대방도 조심하지 않겠어?
모든 인간관계에서
상대방에 대한 배려는 기본이야.
서로 싫어하는 부분을 알아가는 것도
과정이야. 없던 일이 되지 않아.
왜 나만 참으면서 만나야 해?

친구의 말 한마디에 서운하거나 화가 날 때
내가 하는 첫 번째 생각은 늘 이거였다.

'내가 예민한 거겠지?'
'이런 거로 화내면 내가 쪼잔한 거겠지?'

괴로운 감정에서 벗어나려면
나만 없었던 일로 하면 되니까….

그리고 또 생각한다.

'다른 사람들은 이 정도는 그냥 넘어가겠지?
나도 넘어가야 정상인 거지?'

자주 잊고 산다.

나의 감정은 개인적인 것이고
그 자체로 인정되어야 한다.

내가 느끼는 감정을 알아차리는 것만으로도
어느 정도 스트레스가 해소된다고 한다.
나는 내가 느끼는 불쾌한 감정을 피하려고만 했기에
나도 모르게 늘 스트레스를 받고 있던 건지도 모른다.

모든 사람은 다르다.
하나의 문장 안에서도 기분 좋고 기분 나쁜 부분이 다 다를 수 있다.
불쾌한 감정을 표현함으로써 상대방이 나를 알아가게 할 수 있고
나도 상대방의 그런 부분을 인정하고 받아들이고 조심할 수 있다.

일방적으로 상대방에게 맞춰주는 관계는 오래가지 못한다.
만나서 맨날 웃을 일만 있는 관계도 세상엔 없다고 생각한다.

그 사람이 하는 말이 때로는
나를 외롭게 만들기도 하고, 서운함도 안겨주고
화도 나게 만든다.
반대로 내가 상대방에게 그런 감정을 느끼게 할 수도 있다.

그 자체를 너무 피곤하게 생각한 나머지
내 솔직한 감정을 외면하고
내가 예민한 탓이겠지, 라고 미뤄두면…
그 감정은 쌓이고 쌓여 나도 모르게 사람들을 멀리하게 만든다.

얘기해서 해결도 못하고 쿨하게 넘어가지도 못하고
만나면 괴로운 관계가 된다.

내가 느끼는 감정을 부정하면서
나를 사랑할 수는 없는 것 같다.

네 얘기만 해

대화할 때 자신의 마음 상태나 의견만 말하면 되는데
꼭 상대방을 평가하고 깎아내림으로써
자기 자신을 올리는 사람이 있다.

말하고 싶으면 네 의견만 말해.
상대방을 네 마음대로 평가하지 말고.

외국인이라고 생각해

상식적으로 되게 이해 안 되는 친구가 있어요.
어떨 땐 답답하고
어떨 땐 무책임해 보이고
내 일이 아니니까 하고 신경 안 쓰고 싶어도
또 보고 있으면 이기적인 것 같고⋯

친구가 너무 이해가 안 될 때는
그 친구가 외국인이라고 생각해봐.
그냥 그 나라 문화가 그런 거야.
그 나라 사람들이 그렇게 살아온 거고.
외국인이라고 생각하면 이해 못할 것도 없어.

나랑 통하고 비슷한 사람만 만나면
되게 좋기만 할 것 같잖아.
시간이 지나면 고인 물처럼 되더라.
나와 많이 다른 사람도 필요해.
세상을 보는 전혀 다른 시각이
삶의 균형을 잡는 데 도움이 되기도 해.

세상을 협소하게 사는 법

애는 이런 애, 쟤는 저런 애.
짧은 기간에 상대방을 판단하고 평가하면서
다 안다고 생각하는 사람을 보면
'아, 세상을 참 좁게 사는구나' 하는 생각이 든다.

보고 싶은 것만 보니까

본인의 시야가 좁다는 것을 모른다.
세상이 좁은 줄 안다.

이따 전화한다고 말하지 마

나는 이 말을 싫어한다.

나는 단호하게 거절한다.

상대방이 막연하게 "이따 전화할게"라고 하면
나는 그때까지 계속 신경 쓰고 있어야 하는데 그게 너무 스트레스다.

제일 짜증 나는 건…상대방은 나만큼 신경 쓰고 한 말이 아닌 경우가 많아서
제때 전화를 안 하거나 하루가 지난 후 아무렇지 않게 전화를 한다는 거다.

나만 신경 쓰는 상투적인 그 인사말이 나는 너무… 너무 피곤하다.
제발 연락한다고 예고하지 마.

누구나 하는 말이고 그게 잘못됐다는 건 아니지만
나는 계획대로 하는 걸 좋아하는 성격이라
이런 상황이 조금은 스트레스다.

『어린 왕자』의 여우는
"네가 오후 4시에 온다면 나는 3시부터 행복할 거야"라고 말했지만
나는 몇 시간 전부터 신경을 쓴다.

"언제 밥 한번 먹자"는 말 정도는 이제 그냥 인사말로 이해하지만
"이따 전화할게"는 사실 전화하겠다는 의지가 담긴 말이 아닐까?

나의 개인적인 바람은
'이따 전화할게'보다는
'몇 시에 전화할게' 혹은 '10분 뒤에 전화할게'라고 정해주고
그 시간에 맞춰서 전화를 해줬으면 좋겠다.

징크스 같은 게 하나 있는데
기다리던 전화가 안 와서 머리를 감으면
샴푸를 바르는 순간 전화가 온다.

그런 적이 한두 번이 아니라는….

그나마 다음 날이라도 전화해주면 다행인데
그냥 지나가는 인사말로 생각하는 사람들은 그 말조차 잊어버린다.
그래서 나중에 "너 왜 전화 안 했어?"라고 물으면
"내가 언제 전화한다고 했어?"라고 되묻는다.

의미 없는 전화 예고는 제발 안 했으면 좋겠다.
그래서 웬만하면 "아니야. 나 할 일 있으니까 내가 나중에 전화할게."
정도로 마무리한다.

나도 내가 피곤한 스타일이라고 생각하지만
어쩔 수 없는 건 어쩔 수 없다.

동지가 있어서 외롭지 않아

넌 뭐든 날 앞질러 가는구나.

 잘 먹고 잘 싸는 게 복이라더니
잘 싸는 게 이렇게 힘들 줄이야.

그러게. 커피 줄여야 하는데…
이젠 커피만 마시면 속이 쓰려.

 올해 우리 건강검진 하는 해야.
위내시경 해봐.
난 헬리코박터도 있대.

유산균 요구르트 같은 거
마시면 되는 거 아녀?

 몰라. 건강하게 나이 먹고 싶다.
진짜…ㅠㅠ

아프지 말자!! 칭구!!

내가 지나간 자리

몇 해 전, 시댁에서 우리 집으로
각종 먹거리들을 택배로 보내신 적이 있는데
택배 도착 문자만 오고 택배는 와 있지 않았다.

알고 봤더니,
지금 살고 있는 집은 용인인데
5년 전까지 살았던 남양주 옛날 집으로 택배를 보내신 것이었다.

다행히 내 휴대전화에 '우리 집 사신 분'으로
남양주 집을 매입하신 분의 전화번호가 저장돼 있었고
아직 그곳에 살고 계실지 어떨지 모를 그분께 전화를 걸었다.

그분은 5년이나 지났는데도 아직 그 집에 살고 계셨고
반가운 목소리로 전화를 받아주셨다.
나는 정말 죄송하다며 상황 설명을 하고 택배 확인을 부탁드렸다.
택배는 그 집 앞에 도착해 있었다.

다행히 택배 아저씨께서 아직 그 아파트 단지에서 배송 중이어서
수거를 부탁드렸다.

남양주 집을 사신 분은 초등학교 선생님이셨는데
집을 팔 당시 거실 확장 부분 바닥에 곰팡이가 생겨서
그분께서 뭐라 얘기하기 전에 3백만 원을 깎아드린 기억이 있다.
이사 오는 분들에게 당연히 해결해드려야 하는 부분이니까.

지금 살고 있는 집도 사실 하자가 있었다.
수리 비용을 청구해야 했지만
6개월이 지난 후에야 알게 되어 전 집주인에게 얘기할 수가 없었다.
집을 보던 당시에도 에어컨 연결 부위 벽면에 물 얼룩이 있어서
혹시 물이 새는 거 아니냐고 물었는데
아니라고 발뺌하던 기억만 남아 있다.
전 집주인에 대한 기억이 좋지만은 않다.

세상살이 어떤 인연들이 어떤 인연으로 다시 만나질지 모른다.

살면서 생기는 문제들을 모두 다 깨끗하게 해결할 순 없겠지만
적어도 내가 지나간 자리는
마음이 지저분하지 않았으면 좋겠다.

흔들리는 것은 당연하다

TV 예능 「어쩌다 사장」에 박보영 씨가 나왔을 때
조인성, 차태현 씨와 술을 마시며 이런 이야기를 했다.

어느 날, 촬영 현장에서 지친 마음으로
멍하니 나무 한 그루를 바라보고 있는데
조인성 씨가 다가왔다고 한다.

박보영 씨가 조인성 씨를 바라보며
"오빠, 저는 왜 이렇게 마음이 나약하고 흔들리고 그럴까요?" 하고 말하니
조인성 씨가 "저 나무가 얼마나 됐을 것 같니?"라고 묻더란다.

"저보다는 오래됐겠죠"라고 박보영 씨가 대답하자
조인성 씨가 말했다.

"쟤가 얼마나 땅 깊숙이 뿌리를 박고 있겠어.
저 나무도 바람에 흔들리는데
사람 마음이 흔들리는 건 당연한 거야."

사람들은 가끔 자기 스스로에게 너무 높은 기대치를 들이민다.

실수하는 게 당연한데 실수할 때마다 우울해하고
변하는 건 당연한데 부끄러운 과거를 지우고 싶어 하고
행복하지 않다는 이유로
'보통'을 유지하기 위해 해온 많은 노력들을 가볍게 생각한다.

나약하고 부족하고 흔들리는 것은
너무나 당연한 것인데.

건강한 나를 지키는 방법

뭔가를 끊임없이 고민하고 걱정하는 것보다
들리는 것 이상을
보이는 것 이상을
만들어 생각하지 않고
상상하지 않는 일이 더 어려운 것 같다.

숨은 비난을 예측하거나
나를 우습게 보지 않을까 경계하지 않는 것.
보이는 것, 들리는 것 이상을 상상하지 않는 것이야말로

건강한 나를 지키는 방법인지도 모른다.

필요 이상의 추측을 하지 말 것!

줏대 없어 좋은 사람

불법을 저지르거나 남에게 피해 주지만 않으면
나는 자기주장만 옳고 그 모습이 변하지 않는 사람보다는
차라리 줏대 없는 사람이 좋은 것 같아.

애 말을 들으면 애 말이 옳은 것 같고
쟤 말을 들으면 쟤 말이 옳은 것 같다고 생각하는 거
나쁘지 않아.

어차피 인간은 객관적이지 않고 정답도 없는데
대쪽같이 자기 생각만 옳다고 믿고
다른 사람을 무조건 비판하는 사람보다는

줏대 없이 그때그때 바뀌어도
상대방의 입장이 되어 생각해주는 사람이

나는 더 좋더라.

미련 없는 사람처럼

내가 연락하지 않으면 절대 먼저 연락을 하지 않는 친구가 있었다.

만나자고 하면 나와서 잘 놀고, 연락하면 반갑게 맞아주는데
친구들에게 미련 없는 사람처럼 먼저 연락하는 법이 없던 그 친구.

"난 널 친한 친구라고 생각해"라는 한마디에
정말 충실한 친구가 되기 위해 노력하며 살아온 나.
요즘 가끔 그 친구가 생각난다.

나도 그렇게
살아보고 싶다.
인간관계 미련 없는
사람처럼.

인간관계도 포맷이 되나요

휴대전화를 포맷하면 배터리가 천천히 닳는다는 남편의 말에
사진만 백업하고 나머지를 전부 포맷했는데….

이상하게도… 놀라긴 했지만 화는 별로 나지 않았다.

지워진 주소록을 보면서 꼭 필요한 연락처들만 세어봤더니
친구와 가족 등등 20개 남짓이 전부였다.
뒤늦게 예전에 백업해둔 연락처들을 찾았는데…
1년에 한 번도 연락하지 않는 사람들이 생각보다 많았다.

필요 없는 연락처를
이렇게 많이
가지고 있었구나… 내가…

가끔은 다 지워져버렸으면 좋겠다는 생각을 한다.
인간관계 다 정리하고 싶다…뭐 그런 건 아니지만
그냥 좀 가벼워지고 싶다…정도의 마음이랄까.

휴대전화가 없을 땐 이런 마음 모르고 살았는데….
집 전화번호를 모르면 연락할 수 없었던 옛날이 조금은 그리운 요즘이다.

나의 시작

재수를 하면서 처음 그림을 시작했다.
엄마와 함께 집에서 가장 가까운 미술학원에 가서 상담을 받았다.
학원 벽에는 사람 손으로 그린 것 같지 않은
학생들의 멋진 그림들이 걸려 있었다.

연필 잡는 법을 배우고 선 긋기를 시작했다.
하다가 그만둘 수도 있겠지 싶었다.
마음속엔 계속 이 생각만 맴돌았다.
'미대에 갈 수 있을까, 내가….'

미술학원에서 도형과 선 연습을 한 달 정도 하다가
처음으로 고3들과 함께 곡면 석고상을 그리던 날이었다.

선생님은 내가 그리는 내내 아무 조언도 없고, 그림도 수정해주지 않았다.
3시간 후 학생들 그림을 전부 펼쳐놓고 강평을 할 때
내 그림을 첫 번째로 지목하면서 말씀하셨다.

"내가 하나도 손 안 댄 그림이다.
야~ 첫 번째 곡면 그림이 이 정도다. 야~ "

감탄사만 연발하셨다.

가족이 아닌 타인에게 처음 들은 칭찬이었다.
가슴이 두근거렸다.

그 순간 어쩌면

'내가 해낼 수도 있지 않을까' 하는 생각이
처음으로 싹을 틔웠다.

동화 같은 이야기

백희나 작가님의 동화책 『나는 개다』를 구입했다.
동화책을 읽다 보니 어린 시절 고향 집에서 키우던 강아지
'꼬마'와 '모네'가 생각났다.

모네는 꼬마가 낳은 새끼 네 마리 중 한 마리였는데
세 마리는 입양을 가고 모네만 6개월이 지나도록 입양이 되지 않아서
그냥 우리가 키우려고 했었다.
나중에 고모네 집으로 입양을 갔는데
고모네 집에서 1년 동안 살다가 대구에 있는 다른 집으로
보냈다는 이야기를 뒤늦게 들었다.

그리고 얼마 후…
모네가 대구 집에서 도망쳤다는 소식이 들려왔다.

그 소식을 들은 지 두 달쯤 되었을까….
우리 집 대문 앞에 구덩이에 빠졌는지 악취를 풍기는
말라빠진 치와와 한 마리가 나타났다.

모네였다.

모네는 대구 집에서 도망쳐 나와 고모네 집으로 가지 않고
어린 시절을 보냈던 우리 집을 기억하고 찾아온 것이다.
대구에서 포항까지….

모네는 열세 살, 무지개다리를 건널 때까지 우리 집에서 함께 살았다.

어른들의 에세이는 온통 처세술과 지친 삶에 대한 내용뿐인데
동화책을 읽으면 잊었던 무언가를 되찾는 듯한 기분이 든다.

그래서 요즘은 자꾸 동화책을 사게 된다.
잊었던 기억을 사는 기분으로
한 권씩, 한 권씩 구입하게 된다.

어차피 계획대로 안 돼

이런 일이 일어나면 어쩌지.
저런 일이 일어나면 어쩌지.
어떻게 대처해야 하지?
내 말에 기분 상했으면.
나에 대해 실망했으면.
준비하던 일이 잘 안 되면.
경우의 수를 따져서
어떤 일이 생기면 어떻게 대처할지
하루 종일 생각해.

내 인생을 스스로 만들지 않으면

당신의 인생을 스스로 설계하지 않으면
다른 사람의 계획에 빠져들 가능성이 크다.
남들이 당신을 위해 계획해놓은 것?
많지 않다.

- 짐 론

나의 직업은 내가 아니다

내가 하는 일이 '나'는 아니다.
나의 직업이 '나'는 아니다.
나의 SNS 팔로워 숫자가 '나'는 아니다.

내가 잘하는 일이 내가 아니며
내가 좋아하는 일도 내가 아니다.

우리 엄마의 딸이 나의 정체성이 아니고
누구 와이프가 나의 존재 가치가 아니다.

그 모든 걸 털어내고 온전히 당당하게 서 있는 것.
그 모든 걸 선택할 수 있는 존재이자
아무것도 하지 않고 어떤 의미 없이도
단단하게 존재하는 것이 나 자신이다.

모든 것을 비우고도 덤덤히 살아갈 수 있어야
모든 것을 담고도 '나 자신'일 수 있다.

마음 쓰기

마음은 쓰면 쓸수록 쓰는 쪽으로 커지는 것 같다.
반대로 쓰지 않으면 쓰지 않는 쪽으로 자꾸만 둔해진다.

내가 내 마음을 어떻게 쓰느냐에 따라
내가 어떤 사람이 되는지 결정된다.

지금의 나는
내가 어떻게 마음을 쓰며 살았나를 보여주는
결과물이다.

그래서 나는 내가 '나 먹고살기도 바빠죽겠는데'라는 말로
사회의 불의를 덮고 넘어가는 데 익숙해지지 않기를 바라며,
일어나지 않을 일에 나의 불안을 집어넣기를 반복해서
스스로를 찌르지 않도록 노력하며 산다.

세상을 방관하면서
내가 원하는 세상이 아니라고 투정만 부리면 안 되는 거니까.
바꾸든가 지키든가 한 가지는 해야지.

어떤 세상에 살든 내 인생이니까.
정신줄 잡고 살자!

epilogue

영화평론가 이동진 님은
자신의 삶을 한 줄로 이렇게 표현했다.

"하루하루는 성실하게
인생 전체는 되는 대로."

어차피 고민에 고민을 해봐도
정답이 없는 세상이다.

노력으로 안 되는 부분도 있는 거니까.

나는 그저 오늘 하루만
성실하게
열심히 살기로 했다.

나만 괜찮으면 돼, 내 인생

초판 1쇄 발행 2021년 9월 1일 **초판 5쇄 발행** 2024년 1월 8일

지은이 이진이
펴낸이 이승현

편집1 본부장 한수미
라이프 팀
디자인 김준영

펴낸곳 ㈜위즈덤하우스 **출판등록** 2000년 5월 23일 제13-1071호
주소 서울특별시 마포구 양화로 19 합정오피스빌딩 17층
전화 02) 2179-5600 **홈페이지** www.wisdomhouse.co.kr

ⓒ 이진이, 2021

ISBN 979-11-91766-69-1 03810